甜咖啡
圖・手刀葉
08
在座寫輕小說的各位，全都有病

在座寫輕小說的各位，全都有病
8
目錄

第一章　報告同學！怪怪怪怪物君

笑聲。

尖銳的笑聲。

原本漆黑的夜空，此刻被染得通紅。晶星人女皇尖銳的笑聲從雲層中不斷傳出，響徹整片天地。

「嘎哈哈……嘎哈哈哈哈哈哈——有趣……太有趣了……終於到這時候了……」

她似乎非常興奮。

「柳天雲……本女皇……已經等了好久好久……吶，你知道嗎？等待果實成熟的過程中，要克制提早將其一把捏爛的衝動……究竟有多麼辛苦……多麼令人心癢難搔……

「大腿……下腹部……胸口……臉龐……全身上下湧起的興奮搔癢感幾乎要讓指甲抓破肌膚，啊、啊啊……要來了、要來了……那是光想像，就令人無法抑制渴望的……『希望』破滅的美好時刻呢……嘻嘻……嘻嘻嘻嘻……」

……

緊接著，我發覺……自己竟然在微微顫抖。

聽見對方充滿病態感的言語，內心深處有某種無法言喻的恐懼，像電流般猛然竄起，在瞬間流遍全身。

晶星人女皇搭乘的宇宙船，在強烈的紅色光芒中，緩緩下降，最後停在離地面一百公尺的空中。

隨著宇宙船在天空中的黑色剪影，在瞳孔中倒映得越來越大，在意識深處的某個角落，某種混合罪惡感與愧疚感的複雜情緒也在悄悄升起。

接著響起了急促的警笛短鳴聲，先是大量的晶星人皇家侍衛隊降落在地，他們圍成一個圓圈，低下頭，極為恭敬地朝正中心擺出騎士跪姿。

接著，在那圓圈的正中心，一道圓柱狀的深紅色光芒投射而下。

「——恭迎女皇陛下降臨!!」

所有晶星人皇家侍衛高喊。

驚人的排場，驚人的氣勢……在眾人的凝聚力與氣氛拔升到最高點的那一刻，晶星人女皇出現了。

身影於深紅色光柱中緩緩降下，晶星人女皇嘴角噙著濃厚的笑意。

那笑容充滿自信，飽含勝利者的餘裕。

……

「柳天雲……你人呢？」

她降落在地。

依舊是暴露度極高的馬甲裝扮，晶星人女皇漂亮的臉孔，在紅光的照映下顯得格外妖豔，

接著晶星人女皇抬起頭，目光一掃，彷彿能看透黑暗的細長雙目，穿越窗戶停頓在我的臉上。

「嘻嘻……本女皇帶來了『好消息』給你……你怎麼還不下來？」

像是察覺到我內心莫名的恐懼，她臉上的笑意越來越深。

風鈴害怕地抓住我的袖子。

「……」

我深深吸一口氣，轉過身。

「走吧。」

躲不掉了。

不知道為什麼，我總有種預感：如果在將棋裡，這就是快要被喊出「王手」前的最險惡局面。

「前、前輩？」

大概是因為我的表情比想像中還要緊繃，風鈴不安地望著我。

我努力擠出一個笑臉，摸摸風鈴的頭。

「別怕，有我在。」

……我已經跟以前不一樣了。

……變得堅強，變得能獨自承擔起一切。

所以我不能逃。

不能再像兩年前那樣，打著「封筆」的好聽藉口，逃到內心的囚籠中躲避一切。

不管是為了C高中其他學生……還是怪人社的社員們……抑或是我面前的風鈴，也就是「晨曦」，於人生的戰場上，我都不能再次敗北。

握著風鈴顫抖的手，我們慢慢穿過大量穿著睡衣的學生在奔跑、互相通報現狀的混亂走廊，朝著樓下走去。

「是柳天雲！還有風鈴大人！」

有學生發現了我們。

「柳天雲大人，一切就拜託您了！」

低年級的學妹雙手交握，朝我擺出祈禱的姿勢。

「沒、沒錯，如果是柳天雲的話，不管是什麼樣的敵人都可以應付！畢竟他可是C高中的『大英雄』啊！」

「說得好說得好，我們早就知道柳天雲的厲害了！」

就連曾經與我同班、長相輕浮的某個金髮男生，也與跟班一起出現了。

發現校園裡眾人的看法逐漸改變後，也正是這兩人帶頭大力吹捧我的身分，將我捧上英雄之位。

「只要有柳天雲大人在，C高中就無所畏懼！」

先是由金髮輕浮男與跟班起頭，他們開始大喊我的名字。

「柳天雲！柳天雲！柳天雲……」

層層疊疊湧起的聲量，凝聚成足以直衝雲霄的音浪。那是足以讓整棟教學大樓微微產生震動的喊聲。

……會有這種情況，也難怪。

——在戰勝A高中之後，我過去拿下無數獎項的事實，開始受到眾人正視。由新聞社發行的「柳天雲個人經歷報導」，內容裡將我敘述為戰無不勝的寫作天才，更是將我的名聲推向顛峰。

「大英雄」的名號，也隨著無數人的口耳傳誦，牢牢烙印在我的身上。

……

「柳天雲！柳天雲！柳天雲！柳天雲！柳天雲……」

「大英雄！大英雄！大英雄！大英雄！大英雄！」

彷彿面對眼前晶星人女皇的強勢降臨……能藉此獲得更多勇氣那樣，眼中所有能看見的C高中學生，全都在舉起拳頭高喊我的名號。

我牽著風鈴的手，靜靜地繼續往前走，在變得人越來越多的走廊上穿梭。

……我明白的。

……這些人想要擁有希望。

……或者說，這些人想要「相信希望的存在」。

即使是獨行俠也無法倖免……在絕望的那一刻，任何人都期待救贖的降臨。

哪怕再怎麼微弱的光芒，於無止無盡的黑暗中，也會變得無比耀眼。

C高中這些學生……或者是說，人。

人總是會不斷替自己尋找足以自我安慰的理由。即使那理由是盲目的、愚昧的、甚至可笑也無所謂。只要能洗刷心裡的罪惡感，把多餘的負擔拋開，進而將心安理得的假象套在身上，為此能夠不惜一切。

「柳天雲！柳天雲！柳天雲！柳天雲！柳天雲!!」

「大英雄！大英雄！大英雄！大英雄！大英雄!!」

呼喚名號的聲音，依舊在不斷傳來。

與此所相反，我沉默。

「……」

「前輩……變得很受歡迎了呢，不愧是前輩。」

風鈴忽然說。

我看向風鈴，她似乎已經不那麼緊張了。

發覺我的目光，風鈴露出溫柔的笑容。

……

沉默片刻，我做出回答。

「不，我跟以前一樣，沒有任何變化……

「……我依舊是風鈴妳的前輩，怪人社的成員之一，僅此而已。」

是的，我沒有變。變的僅僅是膚淺的外在因素。

風鈴一愣。

緊接著，她緊緊抓住我的手。

眼角閃爍著淚光，風鈴將體溫透過彼此交握，傳遞進我的手心。

然後，風鈴用力點頭。

「……嗯！風鈴明白了哦!!」

……

朝著晶星人女皇的方向，我們繼續下樓的腳步。

走著、走著……

走著、走著……

朝著不明的未來邁進。

踏進了沉重的處境中。

教學大樓廣場前。

晶星人女皇早已站在廣場前等候，她並沒有因為久等而感到不耐煩，而是充滿興趣地抬頭觀望C高中的學生們。

「真是有趣的生物呢……這些人類。」

她顯然也聽見了高喊「大英雄」的呼號聲。

「咯咯咯……原來如此……柳天雲是你們的救贖嗎……從另一個層面來說，這也是『希望的破滅呢』……」

我站到距離晶星人女皇不遠處。

原本打算獨自前去，但是風鈴堅持要一起，所以風鈴也站在我身後。

「柳天雲，你來了。」

晶星人女皇身處皇家侍衛的保護圈中，她充滿興趣地打量著我。

「本女皇……有一件有趣的事要告訴你。聽完之後，你肯定會崩潰發狂吧……為了這一天，欣賞你心中那滿懷的『希望』破滅的瞬間，我已經等了好久好久……」

我保持沉默，但這並不妨礙晶星人女皇說話的興致，於是她繼續說下去。

「吶，柳天雲，你不覺得奇怪嗎？」

「總覺得好像少了些什麼……

「偶爾有些記憶無法連貫……

「心裡會湧起莫名的悲傷……」

她說到這裡，話聲一頓，語氣變得異常危險……與輕柔。

「這些『異常』的緣由……一切的起因，你難道不想知道嗎？」

我保持緘默。

但是，望著晶星人女皇的同時，依舊有股無法抑止的恐懼，迅速蔓延全身。

明明早已下定「不能逃避」的決心。

然而，我的潛意識在抗拒、驚慌、害怕著對方的話語，畏縮地想要逃避事實。

恍若吞食我的恐懼而感到滿足那樣，晶星人女皇忽然大笑起來。

「嘻嘻……嘻哈哈哈哈哈～～～～～真是有趣的反應呢，本女皇就好心告訴你吧，其實呢——」

她話說到一半，我的背後忽然響起腳步聲。

我微微側頭看去，發覺桓紫音老師帶著怪人社其他成員走了過來，與我一起並肩而站。

怪人社成員們的匯集，像是心中的一股熱流，帶給我更多勇氣。

晶星人女皇原本不以為意，正要繼續說下去，但是……

「其實呢——唔!?」

晶星人女皇忽然露出吃驚的表情。

接著，她的目光忽然停格在某個怪人社成員的身上。

「……？」

我順著晶星人女皇的視線看去，發現她在看的對象是輝夜姬。

……對了，今天社團活動結束後，輝夜姬似乎被桓紫音老師留下來，一起探討吸血鬼貴族的歷史，沒想到竟然待這麼晚啊……

「——!?」

晶星人女皇細細的眉毛挑起。

接著她向一個距離較近的皇家侍衛伸出手，說：

「……拿比賽名冊來。有附照片的那本。」

那名皇家侍衛在手腕上按了一個像是手錶的東西，接著「砰」一聲在煙霧中變出了一本薄薄的書冊，他恭敬地將書簿高舉過頭，獻給晶星人女皇。

晶星人女皇接過名冊，打開後快速翻動。

「A高中……A高中……有了。」

她翻書的手瞬間靜止，接著視線在書頁上與輝夜姬之間游移。

接著，她唸出書頁上面的記載。

「A高中的最強者……輝夜姬。身體病弱，實力遠勝同校的第二強者，『守護騎士』飛羽、第三強者『棋聖』。寫作水準碾壓現階段除了Y高中之外的所有學校，筆下的作品……曾突破輕小說評分系統的分數上限，實力之恐怖，堪稱魔王等級。」

後續的記載越唸越快。

「……即使創下輝煌戰績，輝夜姬這名選手於賽事中也從未認真出戰，如果不顧身體安危、拚盡全力出手，有極大可能性對Y高中造成威脅。」

唸完後，晶星人女皇闔上比賽名冊。

輝夜姬與怪人社的眾人站在一起，與晶星人女皇呈現對立姿態。

晶星人女皇看看我，又看看輝夜姬，問：

「……妳跟柳天雲是朋友？」

以和服袖子遮住下半張臉的輝夜姬，點點頭。

「……!!」

得到輝夜姬的答覆後，晶星人女皇愣住了。

那是超乎意料之外，以驚訝完全不足以形容的愣然。

然而，在那份愣然過後……晶星人女皇卻笑了。

「嘻嘻……嘻嘻嘻……嘎哈哈哈哈……嘎哈哈哈哈哈哈哈~~~~~~~!!」

一直笑。

一直笑。

笑到流出了眼淚。

「嘎哈哈哈哈哈~~!!妳跟柳天雲是朋友!?跟這個註定會殺了妳的人當朋友？」

像是從來沒有聽過這麼好笑的話，晶星人女皇笑到彎下了腰。

「嘎哈哈……嘎哈哈哈哈哈~~吶，坦白告訴妳吧。本女皇很肯定、非常肯定，這個名為柳天雲的男人……在得知真相後，為了彌補『過去』的遺憾，肯定會選擇殺了妳，踏平A高中，踩著妳的屍體，去獲取足以填補空虛的願望。

「然後，妳現在跟我說，你們是『朋友』!?嘻嘻嘻……嘻哈哈哈哈～～!!別笑死人了，這種比扮家家酒還要脆弱、還要虛偽的友情遊戲，真虧你們有那種羞恥心去玩耍！哈哈哈……哈哈哈哈……」

……

對面晶星人女皇莫名其妙的大笑、詭異的言語，輝夜姬搖了搖頭。

「柳天雲大人不是那種人，也沒有理由做那種事，妾身深深相信這點。」

晶星人女皇在這時打了個響指，一個皇家侍衛趕緊趴到她身後，充當她的座椅。優雅地坐下，翹起白嫩的雙腿，晶星人女皇依舊在笑。

「沒有理由做那種事？不是那種人?妳根本不瞭解柳天雲這個人類……

「想要得到願望，就必須跨越Y高中這道困難重重的門檻。為了尋求極致的強大，本女皇可以擔保，他將會化身為鬼……先殺了妳掃除障礙，讓C高中取代A高中的排名，進而取得在模擬戰中挑戰Y高中的資格。

「稱霸六校的Y高中實在太強，為了尋求願望……他不敢將所有的勝算都壓在『最終一戰』上，必須先從模擬戰裡觀察，得知Y高中的習慣、弱點、乃至實力……只有排名第二的學校能夠挑戰A高中，因此、這個男人將會連妳一起殺死，甚至連求和討饒的機會都不會給予——為了斬除後患，也為了將妳做為前往更高處的墊腳石，只有將妳的屍體無情地、殘酷地拋棄在身後這條路……

「——唯有如此，他才能確保加冕為王的可能性！」

輝夜姬原本遮擋著下半張臉的袖子，在此時放了下來。

擁有柔弱的臉部線條，輝夜姬露出的表情卻無比堅定。

她往前邁了幾步，超過了我，站到整個C高中的最前方，面對著晶星人女皇。

「……請您收回自身的妄言。

「妾身深深相信柳天雲大人！柳天雲大人絕對、絕對、絕對——不會做出那種事。」

然而，就在這一刻，看著輝夜姬的背影……

我的腦袋忽然感到一陣暈眩，眼前閃過一陣血紅色的幻覺。

血與火……

那幻覺似乎來自已經被遺忘的夢境裡，場景裡充滿了鮮血與火光。

「哈哈哈哈哈哈哈……哈哈哈哈哈哈哈哈哈哈哈哈哈哈哈……」

……

「我只是想要……她活過來……」

從那模糊的影像裡，我甚至聽見了狂笑聲……與痛苦的嘶啞嗓音。

「……!!」

那暈眩只維持了一瞬間，接著迅速消失。

我的感官恢復了正常。

輝夜姬依舊站在我的前方，對著晶星人女皇侃侃而談。

「……絕對不會發生那種事。

「您不瞭解柳天雲大人。他即使曾經被眾人所誤解，依舊懷抱著高尚的情操，沒有自甘墮落……筆下的文字，就算蘊含無法化解的悲傷與孤寂，本質也始終充滿暖意，帶給身邊所有人希望。這樣的人，不可能像您說的那樣。

「他對於文字的喜愛……對於輕小說的執著……對於『寫作之道』抱持的理念，足以使所有寫作者動容。

「所以，賭上妾身輝夜姬之名，妾身絕不允許您侮辱柳天雲大人的覺悟!!」

在夜晚的冷風吹拂下，輝夜姬的身軀微微搖晃。

就連如此微弱的風勢都讓她快站不穩，面對強勢的晶星人女皇，輝夜姬卻半點不肯退讓。

僅僅為了維護我的尊嚴，輝夜姬就此將心中的「大義之道」貫徹到底。

……

晶星人女皇聽完後，沉默了一下，接著她又笑了。

發出尖銳的笑聲，她的眼神卻很冰冷。

「嘻嘻……很好，非常好。

「那就讓本女皇看看……妳口中那個充滿美好情操的柳天雲，到底能把這場『友情遊戲』維持到什麼時候吧。

「究竟是你們懷抱的希望會破滅……被這個互相殺戮的遊戲所吞噬，還是真的如妳所說……你們的『友情』是貨真價實的……很快，時間會證明一切。

「『最終之戰』即將到來，妳認為的高尚如聖人的柳天雲，馬上就會沒辦法欺騙自己……他將以最可怕的手段，貪婪地實行自己的慾望。即使本女皇現在不說出真相……在已經圓滿大半的『記憶碎片』的逐漸拼湊中，他也會很快想起一切……最後殺了A高中所有人，踏著妳……輝夜姬的屍體往上爬。

「不過……看來你們依舊抱有無聊的臆想……在無聊的友情催化下，變成尚未成熟的果實了呢。

「尚未成熟的果實，沒有摘採的價值。」

晶星人女皇站起身。

接著，她轉過身。

「那麼，本女皇就勉強忍耐，繼續抱持著期待好了……畢竟只有成熟豐碩的果實，才最為甜美。

「嘻嘻嘻……嘻哈哈哈哈哈~~~~~」

隨著尖銳的笑聲消散在夜空中……

晶星人女皇背對眾人，雙手一招。

晶星人侍衛們紛紛站起，簇擁著女皇，在紅光的照射下，紛紛飛上半空中，進入宇宙船裡。

接著，宇宙船迅速拔升高度，飛到高空中，迅速遠去。

……

然而。

然而，晶星人女皇的話聲……卻從遙遠的星空彼端傳來。

「嘎哈哈……嘎哈哈哈哈……柳天雲……快點想起來吧。」

「想起所有……把一切的一切……都拖進帶著熊熊烈火的煉獄中。」

……

晶星人女皇。

突如其來地出現，留下讓人無法理解的話語後，又任性妄為地擅自離開。

沒有人明白她話中的意思。

但是，她那刺耳的笑聲，卻尖銳地戳進大家的內心深處，在眾人的意識裡，注入揮之不去的憂愁。

「話說回來，離最終一戰到來的那天，只剩下幾個月了……」

不過，即使暫時不提最終一戰，在努力練習寫作的同時，也有另外的事物令人在意。

「人工智慧……九千九百九十九號……

「螢幕上最後出現的那個銀髮少女……究竟是誰，她為什麼會成為受世界所排斥的『思念體』，又為什麼會說出……只想看我過得好不好……

「明明她……就已經要消散了……為什麼，彷彿不惜一切代價，就只是想在消逝前見我一面……」

這天夜裡，我再次於半夜前往怪人社的社辦，去看看人工智慧九千九百九十九號。

深夜，身處孤寂的黑暗中，怪人社裡只有幾乎無法察覺的微光。我獨自站在機器前面，不斷按下重新啟動的按鈕，螢幕卻始終漆黑一片。

「機器……壞掉了嗎？」

彷彿受到某種「不能放棄」的魔力所驅使，我就這麼嘗試了好久好久，甚至連窗外的天邊都漸漸亮起光芒，就在第一道晨曦投入怪人社時，奇蹟出現了。

螢幕上慢慢閃爍起微光，彷彿隨時都會消失，身影極其模糊的人工智慧九千九百九十九號，重新出現在我面前。

但是，這個九千九百九十九號……雖然長相一樣，卻只是最初的那個人工智慧，而非最後堅持要見我一面的那名少女。

「主人……」

她在呼喚我。

原本在情感上，有些呆滯的人工智慧九千九百九十九號，在這時，臉上流露出連人類都無法完全理解的複雜表情。

「人家是『轉轉思念君』，在思念體已經消失的此刻，也已經完成了寄身於此的使命……自動毀損程式應該已經生效了才對……為什麼主人您還能開啟人家呢？

「可是，即使是開啟了，因為主要程序已經嚴重受損，人家也只能說上幾句話而已……

「這樣也好，或許是與思念體相處太久，人家也能隱隱約約察覺到些許思念體的想法……那麼，當作是徹底訣別前的禮物，人家就把思念體始終在心裡盤旋的話語……告訴您。」

思念體始終在心裡盤旋的話語？

我一怔。

因為人工智慧九千九百九十九號的影像越來越模糊，就好像程序隨時會完全毀損似的，所以我不敢打斷她的話，靜靜地等待對方說完。

於是，取代思念體本人，人工智慧九千九百九十九號慢慢說出了兩句話。

「不被理解的痛楚，沒有形成悲傷的資格。

「……既然不是悲傷，又何必搖尾乞憐地揭露事實，讓它成為真正的傷口呢？」

留下這兩句話，人工智慧九千九百九十九號深深看了我一眼，朝我露出微笑，接著身影逐漸淡去……淡去，直到再也看不見為止。

在冰冷的機器零件後方，在那複雜的微笑後面，卻彷彿隱藏著無盡的痛苦與絕望。

完成了自身的使命，九千九百九十九號損壞了。

我默默望著機器，感到無比惆悵。

「……」

而且，我隱隱約約有種預感，九千九百九十九號這兩句聽起來像是某種提示的轉述……或許，將是最貴重的訣別禮物。

「形成悲傷的資格……嗎？」

聽了剛剛那兩句話，站在敞開的窗戶旁，望著漸漸灑落大地的晨曦，從內心深處最柔軟的地方，也在不斷湧現情感遭撕裂般的強烈痛楚。

距離晶星人女皇降臨的那夜，已經過去三天。

因為徹夜開啟「轉轉思念君」的緣故，我有點睡眠不足。

坐在怪人社的社辦裡，一邊打著哈欠，我望向窗外。

……去年的夏天，是一切的起始。晶星人首次降臨，並強迫六所學校以性命為賭注，進行輕小說比賽的廝殺。進行最終一戰後，只有一所學校能夠倖存。

期限是一年。

也就是說，冬去春來，隨著時光逐漸流逝……當代表夏季的蟬鳴再次響起時，也就是最終一戰來臨的日子。

「……」

就在思考的同時，吵吵鬧鬧的聲音，從社辦的另一端傳來。

穿著卡通麋鹿套裝的雛雪，與風鈴、沁芷柔以及輝夜姬，共同圍坐在一張桌子前，桌面上散落著牌面翻起的撲克牌。

她們似乎在玩抽鬼牌。

抽鬼牌本來應該是獲勝機率對等的遊戲，但是，其中卻有一個戰鬥力堪稱犯規的對手在。

「妳、妳這傢伙……」

沁芷柔的手指懸在半空中，預備抽牌的架勢，有些猶豫不決。

「……」

無口人格的雛雪，面無表情地盯她看。

影響「抽鬼牌」獲勝機率的關鍵，通常在於觀察對手的表情上。可是，無口人格的雛雪根本就不會有表情變化，所以情緒豐富的沁芷柔在這點上吃了大虧。

以結果論的話，沁芷柔已經連輸兩場了。

連續的敗北大概帶給沁芷柔面子上的壓力，使她格外焦躁。

「芷、芷柔，不用那麼緊張也沒關係的哦，只不過是遊戲而已……放輕鬆、放輕鬆……」

「是的，妾身也這麼認為。再說即使沁芷柔大人您輸掉了也沒有關係，武士之間進行武藝切磋是很正常的事。」

……受到同情了呢。

聽見風鈴跟輝夜姬的安慰，沁芷柔反而漲紅了臉。

「吵、吵死了，說得好像本小姐又要輸了一樣，本小姐才不會輸呢！」

說完後，她伸手抽起雛雪的牌。

「哇啊啊啊啊啊啊啊啊——怎麼又是鬼牌啦——!!」

接著，響起的是近乎崩潰的呼喊聲。

在沁芷柔連敗五場之後，抽鬼牌戰爭結束了。

輝夜姬踮起腳尖，

「您無須介懷，沁芷柔大人。即使敗北集中在您一人身上，您展現出來的不屈意志，那份『腳踏實地的弱小』，依舊被妾身們所銘記。」

輝夜姬安慰人的方式，似乎不被沁芷柔所接受。

因為連敗導致崩潰，原本抱著頭趴在桌上的狀態的沁芷柔，此時歪過臉看向輝夜姬。

「嗚……!!貧乳和服女！妳這算什麼安慰呀！」

「貧乳……？您是指妾身嗎？」

輝夜姬按著自己的胸口，露出不可思議的表情。

這時雛雪也在一旁舉起繪圖板，上面寫著：

「……依舊是高標準呢。」

「即使不提標準，沁芷柔大人，您將莫須有的罪名加諸無辜之人，妾身認為這是非常不妥的行為。」

「什、什麼啊！妳們這兩個同病相憐的傢伙打算聯手嗎!!」

忽然遭受兩個人反擊的沁芷柔，一時之間有些慌張。

我將手肘撐在桌上，手掌托腮，看著這些怪人們吵成一團。其實我早就習慣這種情況了。

雖說如此。

但是，如果仔細辨別的話，依舊能夠察覺細微的變化。

與過去……有點不一樣了。

在一貫充滿嘻笑的日常底下，埋藏著些許緊繃。

畢竟最終一戰漸漸逼近，輸的一方會被屠殺殆盡，要說不會煩惱的話，那是不可能的。

所以。

所以……我明白，這些少女所擁有的笑容，已經不再無憂無慮。

幸好桓紫音老師在這時候進入教室，阻止少女們可能會產生的爭執。

她站在教室門口，看著圍成一圈、吵吵鬧鬧的社員們，抓了抓頭，露出「又是這樣嗎……」的傷腦筋表情。

「好了好了，大家回到自己的座位上坐好，今天吾有重要的事宣布。」

有重要的事宣布？

桓紫音老師的發言，讓大家不禁集中注意力，紛紛回到座位上。

桓紫音老師一屁股坐在講臺上，身體微微前傾。

她的模樣少有地認真。

「今天早上……有一所高中的領袖，使用晶星人的道具，向我們提出了進行『輕小說友誼賽』的請求。」

——!!

聽到桓紫音老師的發言，大家明顯嚇了一跳。

桓紫音老師繼續解釋：

「輕小說友誼賽，勝負無關排名。也就是說，就算C高中輸了，排名也不會因此而下滑。」

輝夜姬聽到這裡，也輕聲發言。

「那個道具……妾身知道，是『轉轉友誼君』。有嚴苛使用條件，最重要的一條規則是：『無法對上位學校提出友誼戰請求』……也就是說……」

根據輝夜姬的情報提供，我思考片刻。

無法對上位學校提出請求……也就是說，只有排名高於C高中的兩所學校——A高中與Y高中，能對C高中使用這項道具。

但是，A高中的晶星人道具大多已在之前與我們的對決中盡失，現在只剩下「轉轉城堡君」做為堡壘的構築之用。

「……難道說!!」

即使以最簡單的刪去法……向C高中提出友誼賽申請的，究竟是哪所學校，答案早已呼之欲出。

環顧著教室內的大家，桓紫音老師點了點頭。

「沒錯，向我們提出友誼賽申請的，就是Y高中！」

靜謐。

——極端的靜謐。

就像所有聲音的來源，瞬間被掐熄消滅般，怪人社裡一片寂靜。

Y高中，也就是怪物君所在的學校。

一再突破系統評分上限，不斷締造奇蹟的……那個怪物君！

怪物君的實力究竟有多厲害，至今沒有人知曉。

他的強大，可以說是深不可測。當初怪物君前來挑戰C高中，那如魔神般可怕的登場氣勢，就讓所有人忍不住全身顫抖。

在桓紫音老師的決定下，當時我們選擇避戰。

事實證明桓紫音老師的想法是正確的，因為在戰勝C高中之後，怪物君更是繼續向上挑戰，一舉摧毀了D、E兩所高中，以恐怖的戰力徹底碾壓對方的輕小說選手，像捏死蟲子一樣碎滅他們的戰意，讓那些選手再也無法動筆寫作。

「——**怪物!!那個人是怪物!!**」

D高中的輕小說高手——飛將，是當年曾獲選進入「這篇小說真厲害」的強大人物，但是與怪物君交手過後，他的寫作意志從此斷絕。

……飛將以雙手抱頭，在所有人面前崩潰跪地的景象，鮮明地於眼前再次浮現。

「怪物君……究竟是抱持著什麼樣的想法，要與C高中進行友誼賽？」

我不瞭解。

怪人社的其他人同樣滿臉困惑，她們顯然也不明白。

「妾身那邊並沒有收到同樣的請求呢，也就是說，Y高中只對C高中提出了友誼戰的請求。」

輝夜姬這麼說。

「……」

如果不願第一名的位置遭受動搖，又想試探下位學校到底有多少實力的話，理應先對輝夜姬所在的A高中動手才對。

所以事情才顯得奇怪。

桓紫音老師觀察著大家的表情，在這時「呼嗯」了一聲，單睜著火紅的右眸，向大家豎起食指。

「身為吾麾下的眷屬，汝等千萬年以來不斷吸收著寶貴的血之力，已經蛻變、成長了許多。

「汝等與以前已經不一樣了。與以前不戰而降的那時，完完全全……不一樣。」

一邊說著，她露出微笑。

「——所以呢，闇黑眷屬們唷！不管是身為闇黑眷屬的身分，還是為了擁有匹配那份成長的自信，都不應該為這點小事而動搖哦？

「現在的汝等……已經身懷與怪物君對決的實力與資格——所以，為此感到驕傲，並興高采烈地雀躍起來吧！」

桓紫音老師臀部一斜，從講臺上滑下，站立在地。

「放心吧，吾會一直待在這裡，見證汝等的成長，直到汝等踏上顛峰為止！」

……

她的話語……很溫暖，帶著激勵人心的力量。

怪人社內的大家，彷彿感受到那股力量的注入，原本驚慌的面容都慢慢冷靜下來。

保持著微妙的氛圍，怪人社內安靜了片刻。

接著，雛雪舉起繪圖板，上面寫著：「沒想到老師也有像老師的時候呢。」

看到雛雪寫的字，桓紫音老師哼了一聲。

將雙手交叉抱在胸前，她猶豫了一下，然後偏過頭去。

「……只不過是做好在人類世界身分的偽裝罷了。吾乃闇．維希爾特．玫瑰一族的吸血鬼皇女，當然要力求完美，辦好這點小事，也是理所當然的。」

「……看來是傲嬌呢。」

「汝、汝說誰是傲嬌！闇黑小畫家，就算汝用寫的，也不准擅自造謠！」

桓紫音老師的表情有點動搖。

但是雛雪繼續追擊。

「擅自取代沁芷柔學姊唯一能夠自傲的屬性，不愧是霸道的吸血鬼皇女。」

「──什麼啦!!」

這次，桓紫音老師與沁芷柔一起出聲抗議。

……

看到這種展開，我忍不住心想：「啊、該不會又要開始了吧？」

「闇黑小畫家，汝竟然把乳牛那種胸大無腦的眷屬拿來與吾做比較──」

「妳這傢伙，本小姐再怎麼落魄，也不會淪落到被老師取代好嗎──」

兩個人幾乎同時進行發言，聲音黏在一起，桓紫音老師與沁芷柔同時一愣。

嗯……果然嗎？如同預期。

接著，怪人社內又開始展開我早已習慣的吵吵鬧鬧日常。

～過了十分鐘～

等所有人終於再次安靜下來後，桓紫音老師有點疲倦地靠在黑板邊緣，向大家提出質詢。

她的語氣變得相當鄭重。

「那麼，答案呢？」

桓紫音老師說到這，一頓。

「這並不是非接不可的挑戰書，你們打算應戰嗎？應戰後……去面對Y高中，面對怪物君!!」

像是想看出我們會不會因此而恐懼那樣，她的赤紅之瞳閃爍著光芒。

身為社團內的輕小說家，我、風鈴、沁芷柔在這時互相看了看對方。

「哼，沒有退縮的理由呢。當初C高中投降了，之後辛辛苦苦修煉這麼久，是時候給那傢伙一點回報了。」

沁芷柔的表情充滿自信。

「芷柔說得對……而且，我們還有前輩在呢。」

風鈴看向我，語氣帶著明顯的崇敬。

最後，桓紫音老師的目光向我投來。

我沉默片刻。

「……戰吧。」

「我們必須知道怪物君到底有多強，就算贏不了，也得試探出他的極限。」

聽見我們的答案，桓紫音老師點了點頭。

她的表情很平靜，看不出喜怒，但是原本銳利的目光卻柔和下來。

「這樣啊……吾明白了。」

「吾會去與Y高中交涉，進行友誼賽的答覆。如果沒有意外的話，友誼賽將在一個禮拜後展開。」

於是討論結束。

與Y高中的友誼賽，就這麼被定下。

與此同時，我們也必須提前做好心理準備。

做好心理準備，去迎戰Y高中。

……迎戰怪物君！

之後，為了備戰，怪人社的社團活動進行得更加緊密。

為了應付繁重的作業，維持健康、培養體力也是有必要的。於是在桓紫音老師的提議下，某天清晨，怪人社的大家提早集合了，打算一起進行晨間運動。

大家同時穿著運動服的情況其實相當罕見，因為在晶星人降臨之後，體育課已經被取消了。

「運動服變得有一點緊呢……」

剛走進教室，沁芷柔就這麼抱怨。

「……變胖了？」

雛雪豎起繪圖板。

「沒有變胖！才沒有！」

先不提沁芷柔著急的反駁聲。

白色的緊身運動上衣，加上充滿彈性的黑色短褲，少女們的著裝雖然是學校的標準運動服，但是因為這些人本來就很顯眼，即使身上是常見的打扮，存在感依舊非常強烈。

尤其是沁芷柔，由於豐滿的胸部把運動服呈圓弧狀高高撐起，導致露出了平滑的小腹與肚臍。

風鈴雖然與沁芷柔有相同的困擾，但是細心的她似乎在運動服上做了一點修整，使腹部肌膚不致露出。

雛雪這傢伙剛開始穿著熊熊布偶裝踏進社團，在眾人的反對意見下，一臉不情願地回去換了衣服重新回來。

對了，值得一提的是，雖然身體並不好，但是輝夜姬依舊參與了這次的活動。

穿著運動服的輝夜姬，也卸下了一直飄浮在背後的天女彩帶，少了幾分平常的靈氣，卻多了幾分青春活力。

輝夜姬時常利用空閒時間織著和服，就連運動前這一小段空閒也不例外。

眼看她手上的動作始終不停，我忍不住好奇地問。

「妳的和服不夠穿嗎？」

……

輝夜姬編織的動作稍緩。

「請原諒妾身的失禮，柳天雲大人。就算是妾身，也會想保有一點自己的祕密。如果您非得現在知道的話，除非……」

……除非？輝夜姬話說到一半，忽然在奇怪的地方停下。

「除非什麼？」

我問。

「……除非，您擁有相應的身分。」

輝夜姬猶豫了一下，如此回答。

「呃……什麼意思……？」

我搔了搔臉頰。

幸好她馬上給出解答。

「在妾身那個年代，唯有丈夫能夠命令妻子坦承一切。如果非得追根究柢地探尋原因，您就必須擁有相應的身分。

「換言之——也就是結婚。」

輝夜姬以平淡的語氣，述說著簡單明瞭的答案。

但是，與輝夜姬的淡然相比，教室的另一端卻響起慌慌張張的聲音。

「等、等一下！你們在說什麼呀！為什麼忽然說到那裡去了！」

聲音與表情都帶著莫名的慌亂，沁芷柔忽然站了起來，

「……學長又打算花心嗎？不愧是鬼畜王呢。就算是雛雪，也會介意被人插隊的喔。」

雛雪舉起繪圖板。

「咦……？結婚……？」

不知道為什麼，風鈴也以複雜的表情注視著這邊。

唔……

眼前的局面，令人難以應對。

明明自己沒有犯任何過錯，但是被這些人猛盯著，我卻莫名地開始心虛。

為了擺脫尷尬，我坐下來隨手翻開一本輕小說開始閱讀。

好不容易，教室裡在一陣騷亂後，又重新恢復平靜。

輝夜姬又開始重新編織和服。

「……」

剛翻了幾頁輕小說，這時，忽然有尖銳的哨子聲劃破清晨的寧靜。

「嗶嗶、嗶嗶嗶——」

那聲音太過響亮，讓人無法忽視。

「聲音是從走廊傳來的……」

風鈴遲疑地看向走廊，接著與大家一起探頭出去。

穿著藍色運動外套與藍色運動長褲，脖子上掛著哨子，手裡拿著竹劍的桓紫音老師，呈大字狀站在走廊正中間，高高舉起竹劍朝我們發言。

「咯咯咯咯……雖然說吸血鬼的體能異於常人，可是歷經千萬年的歲月洗禮，為了維持血之力的循環，也需要適當進行活動。」

「所以——吾之眷屬唷——緊隨著吾的腳步，共同推開那充滿黑暗之力的大門，於血之聖經中，記載新的一頁吧!!」

啊、光是聽著就令人感到羞恥的發言。

幸好現在是清晨，沒有其他學生發現。

於是大家跟著桓紫音老師，一路走到離校舍比較偏遠的舊式操場。

「……話說回來，今天是陰天呢，真的是太幸運了。」

桓紫音老師說。

對於無法照射陽光的輝夜姬來說，雲層密布的陰天，才是理想的外出氣候。即使是清晨的陽光也無法承受，輝夜姬的身體如此孱弱，簡直令人無法想像，如此嬌小軟弱的身軀……竟然必須背負A高中所有學生的希望。

「確實呢，妾身也覺得太幸運了。」

好不容易走到操場的輝夜姬，抹了抹汗，接著在一旁的草地正坐下來。

「那麼，請大家開始吧。妾身會誠心替諸位大人加油。」

聽到輝夜姬的發言，大家都嚇了一跳。

「……咦？妳不參加嗎⁉」

「喂喂，不是都走到這裡了嗎？為什麼妳直接坐下來了呀‼」

「欸？狡猾，好狡猾喔，雛雪也想坐著休息——」

面對大家的提問，輝夜姬將雙手交疊放在身前，正坐著略一鞠躬。

「妾身確實盡力了，光是走來距離五百公尺的舊操場，就已經透支妾身所有的體能。」

輝夜姬的樣子不像騙人，微微蒼白的臉色，顯示出狀態並不好。

嗚啊……這傢伙才是最該鍛鍊的人嗎……

像是看穿了我們擔心的眼神，輝夜姬握起小小的拳頭，開口向我們傳達她的理念。

「……請不要擔心妾身，請全力以赴、無後顧之憂地上吧！即使妾身無法隨行，大義也會與諸位同在。」

雖然輝夜姬因為身材太過嬌小的關係，並沒有足以壓迫別人的氣勢，但是她的表情十分堅定，有種說不出的灑脫感。

「唔……嗯……這樣啊……好吧。」

桓紫音老師也沒有勉強輝夜姬，而是揮舞起竹劍，帶領剩下的人一起跑步。

「一、二……一、二……一、二……一、二……」

一邊喊著邁步口號，大家呈現凌亂的隊形跑步前進。

根據個人體能不同，在跑了幾圈之後，眾人很快就分出了體力高低。

始終緊緊跟著老師跑步的是沁芷柔。

稍微落後的是我，再後面是雛雪以及風鈴。

「呼……呼……呼……跑步原來是這麼麻煩的運動呀……好累喔，雛雪已經感到累了……學長呢？」

跑到一半，雛雪忽然加緊腳步追上我。

我搖頭。

在與雛雪對視的同時，我發現她瞳孔中的愛心不斷閃爍。

又進入第二人格了嗎……這傢伙。

遭汗水微微浸溼的運動服，緊貼在雛雪的鎖骨上，她拉了拉運動服前襟。

「吶、吶、吶、吶、吶，學長～～」

道出令人感到不妙的開場白，雛雪切進我的跑道，把身體貼過來。

看向舊操場旁邊的體育器材室，雛雪用手肘頂著我的側腹。

「其實呢～～雛雪知道一個更有趣的『運動』唷！吶吶吶，學長有沒有興趣呢？」

一邊說，雛雪張開嘴巴，讓我看她淡紅色的舌頭以及喉嚨。

我其實已經被雛雪戲弄過很多次，但總是無法習慣，有點招架不住。

但我還是努力裝作平靜，進行回話。

「……沒有。」

「欸～～!?學長真是個不解風情的男人呢。不懂得把握機會的話，就算是雛雪也會難過的唷，會超級難過的唷！」

無視雛雪後續的抱怨，這時候我發現風鈴開始慢慢落後。

於是我也放慢速度，跑在風鈴身旁。

「還好嗎？風鈴。」

「前、前輩!?」

因為疲憊影響，原本低著頭跑步的風鈴，被我的聲音嚇了一跳。

意識到我的存在後，風鈴手在髮際處一撥，有點慌張地打理原本就很整齊的頭髮。

「頭髮沒有亂掉哦？」

我好心提醒風鈴。

「是、是這樣嗎？太好了呢……」

風鈴露出安心的表情。

她的臉頰因為運動的關係，變得紅通通的，白裡透紅的臉蛋看起來非常可愛。

但是，忽然出現在我們旁邊的雛雪，在這時大聲插嘴說話。

「～～如雛雪剛剛所說，學長果然是不解風情的笨蛋。風鈴她是因為看到學長才去整理頭髮的哦!!現在的風鈴可愛到連雛雪都感到身體深處開始蠢蠢欲動了！為什麼學長一點表示都沒有!?真是失禮，學長真是太失禮了哦！」

原本寧靜的早晨，與雛雪此刻的聒噪形成了強烈對比。

能在跑步的同時維持這種精力，某方面來說我也挺佩服她的。

然而，雛雪的聒噪依舊沒有停止的跡象。

這次她轉向風鈴。

「幸好～～雛雪懂得一個『可以解決男人的遲鈍的小魔法』。今天雛雪就跳樓大放送，特別傳授給妳吧！」

「那個……」

風鈴遲疑了。

她顯然不是很想學那個所謂「可以解決男人的遲鈍的小魔法」。

可是溫柔的風鈴沒有第一時間拒絕，導致雛雪立刻氣勢洶洶地把話題引導到自己的方向。

「首先把食指跟大拇指圈起來，比出ＯＫ的姿勢！」

雛雪伸手比出ＯＫ，示意風鈴模仿。

風鈴猶豫了一下，大概是心裡浮現之前雛雪曾經陷害她的陰影，所以沒有立刻照做。

雛雪認真地說：

「哈……呼……哈……哈……接著張嘴吐出舌頭，一邊喘氣一邊發出呻吟聲……呼……哈……哈……然後把食指跟大拇指圍成的圈在嘴巴前面前後移動，這樣一來不管是怎樣的男人，心理防線都會立刻崩潰，徹底淪陷在妳的裙底下哦!!」

雖然雛雪此刻的喘氣大概是因為跑步而導致，但是一邊說明一邊實際演示，此刻的她真的很像變態。

為了使風鈴認知到雛雪的行徑，我誠實地說出心中的感想。

「……妳這變態。」

可是令人意外的是，一聽到我的感想，雛雪興奮到眼睛都亮了起來。

「欸～～變態!?學長是在稱讚雛雪嗎？是吧？是吧!!雛雪很開心哦，超級開心的哦！」

吐出舌頭，興奮到幾乎要滴出口水來的雛雪，不斷擠向我跟風鈴。

呃啊……小看這傢伙的固有技能「情色度‧EX」與「變態‧EX」了。

想以正常思想來評斷戰鬥力破萬的怪人，從開始的那一刻，我就已經輸得徹徹底底。

「那……那個!!風鈴覺得……」

看到這樣的雛雪，風鈴似乎有點害怕。

身為怪人社中唯一的正常人，風鈴是最容易遭受汙染的人。

「……」

為了守護風鈴的純潔、不讓怪人社最後的希望與清流遭到抹滅，我決定念誦出對抗雛雪的必殺魔法。

「燃燒吧！我的血紅之翅！

「喝啊啊啊啊啊!!我不能輸，我身後還有夥伴們……公會的大家也在等我回去，所以絕對不能在這裡倒下!!開啟吧，第二階段變身!!」

我唸出的，是之前雛雪在課堂上創作的少年漫畫的臺詞。

即使當眾畫H漫畫也毫不在意的雛雪，內心唯一的軟肋就是害怕被人發現畫少

年漫畫。當初桓紫音老師唸出這些內容時，一向強勢的雛雪卻被徹底擊沉了。（註1）

「……嗚。

「……嗚嗚。」

再次聽到那些臺詞，雛雪的臉瞬間變紅。

一秒。

兩秒。

三秒。

隨著時間過去，雛雪的膚色像是要滴出血來那樣鮮豔。

「〜〜〜**嗚嗚嗚嗚**!!!!」

「〜〜〜**嗚啊啊啊啊啊啊啊啊啊啊**!!!!!」

一邊發出驚天動地的大喊聲，雛雪雙手遮著臉，瞬間往前跑遠了。

很快，雛雪的背影在視線中縮成了一個小點。

「喔喔！跑得好快，難道是平常都穿著布偶裝做負重訓練的關係嗎？」

我被雛雪的速度給震驚。

這時桓紫音老師與沁芷柔，繞了操場一圈之後從後面追上來。

因為雛雪已經跑得太遠，桓紫音老師把右手圈起，充當望遠鏡看向雛雪的方向。

註1　詳情見《有病07》。

「零點一，闇黑小畫家那傢伙怎麼忽然變得這麼有幹勁？她打算跑去哪裡呀？」

我有點心虛地偏離視線。

「……不知道。」

桓紫音老師看了我一眼。

「這樣嗎……好吧。」

在雛雪離開後，我們跟在桓紫音老師身後繼續跑步。

一邊跑，沁芷柔湊近我的跑道。

「……好像很愉快的樣子嘛，你們剛剛。」

不知道為什麼，沁芷柔的表情有點不悅。

「與其說愉快，不如說是災難啊……」

被雛雪纏上真的是哭笑不得，她惹人煩躁的能力值肯定也點到MAX了。

「哼，是嗎？被女孩子包圍，你明明就很開心吧？」

一邊偏過頭去，沁芷柔的語氣帶著埋怨。

過了一下子，像是氣消了些，沁芷柔斜著眼睛向我看來。

「……不過呢，柳天雲，你要珍惜此刻的幸運。」

「──能跟美麗、端莊、知性、完美無缺──簡直如同受到神之恩寵般的本小姐一起運動，你應該要心懷感激。」

用非常驕傲的語氣，沁芷柔一撥亮麗的金髮。

「啊啊……說到這裡就想起來了呢，過去不管小學還是中學，每次有運動會時，本小姐華麗的身影總是牢牢吸引全場觀眾的目光，不管身處何處，都是那麼顯眼。」

顯眼嗎……

我忍不住瞄了沁芷柔一眼。

金色的髮絲在晨間的陽光下反射出耀眼的光芒，將沁芷柔的美貌襯托得更加出眾，她彷彿整個人都在發光，強大的魅力讓人難以移開視線。

隨著跑步時的起伏，她豐滿的胸部也在劇烈晃動。

……好大。

姑且不論沁芷柔出眾的運動能力，果然光是外表就足夠顯眼呢……足以吸引大部分觀眾的目光。

啊、話說，這樣子的想法好像有點糟糕。

帶著些許罪惡感，像是想將糟糕的想法拍飛那樣，我以雙手手掌用力拍擊臉頰，發出「啪」的聲響，瞬間感到清醒許多。

「？」

沁芷柔疑惑地看向我。

「呃……沒事。啊哈哈哈哈……」

即使發出掩飾尷尬的笑聲，也無法解除那份心虛。我開始慶幸造物主沒有給予人類讀心的能力。

「……」

「……？」

就在這時候，跑在前面的桓紫音老師忽然放慢了腳步。

「嗯？那個是……」

我順著桓紫音老師的視線看去，看到遠處飄起了一陣煙霧。

再仔細一看，那煙霧似乎是由揚起的沙土所形成。

「～～**嗚嗚嗚嗚**!!!!」

「～～**嗚啊啊啊啊啊**!!!!」

發出驚天動地的叫喊聲，雛雪以非常嚇人的速度向我們這邊跑來。

——!!

「～～**嗚啊啊啊啊啊啊啊啊**!!!!」

很快，雛雪就跑到我們面前，然後煞車滑行了好幾公尺。

「呼……呼……呼……呼……」

額頭上布滿汗水，雛雪彎著腰，雙手撐著膝蓋，拚命喘氣的同時抬頭看向我們。

「太……太過分了!!呼……呼……剛剛雛雪已經思考過了，學長一再觸碰女孩子心裡最柔軟的地方，簡直就是惡魔的行徑！超級大惡魔!!就算雛雪有抖M的傾向，學長這樣也太過分了唷！」

雛雪說話時越來越認真。

「──所以說!!」

所以說？

接著，雛雪忽然以非常快的動作繞到沁芷柔的背後。

「──所以說，雛雪決定增加獻給惡魔的犧牲品，這樣子雛雪就不會寂寞了!!」

「？」我。

「？」風鈴。

「？」桓紫音老師。

就連被雛雪繞到背後的沁芷柔，也擺出疑惑的樣子。

很明顯沒有人理解雛雪的意思。

但是──將大膽的想法付諸實行，雛雪接下來的動作超乎所有人預期。

雛雪從後面伸出手，托起沁芷柔的胸部，以手掌用力搓揉著。沁芷柔那壓倒性的巨大胸部，也因為雛雪這個舉動，不斷在雛雪的手掌中改變形狀。

在做出痴女行徑的同時，雛雪用盡全力發出大叫聲。

「跟雛雪一起崩潰，然後進入羞恥地獄──成為學長的肉奴隸吧!!」

由於雛雪的舉動難以預料，沁芷柔第一時間呆呆地沒有反抗。

但是，在雛雪開始行動的三秒後，她慌亂的目光，瞬間與我的視線相觸。

——發現我的視線停留的位置後……緊接著，沁芷柔像是頭頂快要冒出濃濃的蒸氣那樣，整張臉徹底變紅。

「呃啊啊啊啊啊啊啊啊——!!」

發出甚至比之前雛雪還要誇張的叫聲，沁芷柔也陷入了與雛雪一樣的崩潰狀態。

「給本小姐——去死!!」

反手抓住了雛雪的手臂，以羞憤到極限的表情，沁芷柔狠狠給了雛雪一記過肩摔。

「嗚呃……!!」

發出短促的叫聲後，雛雪原本的愛心眼變成了漩渦的形狀，徹底昏厥過去。

將整張臉湊到我面前，充滿憤怒與羞意的沁芷柔，蠻橫地抓住我的衣領。

「柳天雲——給我忘掉!!像電腦刪除檔案那樣把剛剛的記憶給我刪除!!」

面對她無理的要求，我只能露出苦笑。

「……我盡量。」

「——我不管，快點給我忘掉!!」

真、真是蠻不講理。

但是陷入暴走狀態的沁芷柔，完全不是我可以勸阻。

對了！桓紫音老師也在，如果向老師求助的話——

我充滿希望地把視線投向桓紫音老師的方向。

「……」

然後看見一張野餐巾鋪在地上。

輝夜姬跟桓紫音老師正坐在上面喝茶，桓紫音老師還向一臉不安的風鈴招手。

「首席黑暗騎士，別擔心了。既然是課外活動，學生們有活力點也是好事吶。」

「妾身也這麼認為。」

「可、可是……前輩他……」

依然擔心的風鈴還想要開口，卻被桓紫音老師截斷。

「嘛——啊——別擔心了，反正類似的情況也不是第一次發生了，反過來說，吵吵鬧鬧才代表了怪人社的和平，不是嗎？」

……

……!!

「……**和平個鬼啊!!**」

這是身陷絕境的我，在被沁芷柔施展過肩摔以前，所說的最後一句話。

——這所社團的人，果然都大有問題!!

第二章 關於輕小說轉變為怪獸這檔事

修煉中的日子，如指縫中的沙子般，即使再怎麼用力把握，依舊無聲無息地流逝。

在桓紫音老師的指導下，怪人社全員的寫作實力都在穩定成長。

不過，即使再怎麼認真學習，依舊無法弭平心中的緊張。

……因為對手是Y高中。

……是那個怪物君！

怪物君究竟有多強，沒有人知曉。

那深不見底的實力，猶如深淵中的龐然巨獸，光是散發出的氣勢威壓，就足以碾壓一切弱小的存在。

Y高中曾經與A高中小小交過手，曾經親眼見識過怪物君的輝夜姬，在某天悄悄對我這麼說：

「柳天雲大人，即使您恢復到了當年的水準，也是無法戰勝怪物君的。

「怪物君的本領，已經超越了眾人思想中對『強者的認知』，達到神乎其技的領域。」

「如果寫作之神有遊戲人間的奇妙習慣，那麼……他選擇借宿的人類軀殼，想必就是怪物君吧。只有這樣，才能解釋怪物君那超乎常理的強大。」

輝夜姬的話語，帶著述說真實想法的平靜感。

我聽完輝夜姬的說法，沉默不語。

就算恢復到當年的實力……也沒辦法戰勝怪物君……嗎？

我柳天雲……也會有戰勝不了的敵人嗎？

「……」

人。

……往往捨棄多餘的驕傲，剷除不必要的自尊，才能看清事實。

我……已經不是當初的我了。

那個會因為只得到校排名第三、因為一點小挫敗就灰心喪志的我，已經不存在了。

從失敗中得到教訓，於過往回憶中總結經驗，現在的我，單純講究心態，比過去的任何一刻都還要堅強。

正是因為如此，我才能擁有客觀評斷事實的雙眼，去評判面前的一切。

「原來如此……」

怪物君當初挑戰C高中，單靠氣勢就讓C高中大多數學生開始顫抖。

當時，剛剛從兩年的塵封中復出的我……也感受到那份可怕的壓力。

甚至，由於實力差距過大，當初的我們連挑戰怪物君的資格都沒有，桓紫音老師選擇直接認輸……C高中，不戰而敗。

然而。

然而……現在的我們，已經不一樣了。

完完全全，不一樣。

雖然從外人來看，怪人社的社團活動只不過是在吵吵鬧鬧中玩耍，但實際上一切都是為了變強而實施的寫作修行。

經過多日的修煉，我們已經變得很強。

強到能讓C高中晉升名次，成為眾校中的第三名。

強到……足以挑戰怪物君！

日子一天天過去。

終於，所剩的時光沙漏，也徹底流盡。

某天早晨，約定進行友誼戰的日子，已經到來。

「哼哼哼哼哼哼……咯咯咯咯咯咯咯……」

桓紫音老師站在怪人社眾人的面前，一邊發出滿意的笑聲，雙手抱著胸口，朝我們點點頭。

「看來，汝等已經徹底準備好了。」

「不管是心態、實力、身體狀態都已經調整到顛峰，現在的你們，有與任何人一戰的資格。」

雖然只有我、風鈴、沁芷柔能去決戰場地，但怪人社所有人還是集合起來，打算目送我們離開。

一旁，特地來替我們送行的輝夜姬，放下手中織到一半的和服，也站起來，對我們送上誠摯的祝福。

「這是屬於各位大人的戰爭，也是你們展現自身的最佳舞臺，妾身祝各位旗開得勝，將標有各位大人名號的旗幟插在敵人城頭上飄揚，奠造天下布武之基石。

「只要大義不滅，希望就永遠存留……願大義與諸位同在。」

輝夜姬雖然平常一直很冷靜，卻很少說出這麼嚴肅的話。

或許，輝夜姬比我們這些即將出戰的人更加擔憂。曾經親眼看過怪物君出手的她，更加深刻瞭解怪物君有多麼恐怖。

「哼，別窮緊張啦，只不過是友誼賽而已。」

彷彿出戰前做出道別那樣，沁芷柔撇過頭去這麼說。

「嗯！輝夜姬不用擔心哦，風鈴也會努力的！」

風鈴則是雙手合十，露出友善的微笑。

最後輪到我發言。

我沉默片刻，把視線停在輝夜姬臉上。

她背後的天女彩帶在緩緩飄動，那如同星輝般的高尚氣質，如雅竹般的純淨雙眸，光是旁觀，就會使人感到浮躁全消。

「……」

我們對視良久，最後我依舊選擇緘默，沒有開口說話。

此刻，言語已經顯得多餘。

或是眼神，抑或微笑，能真正觸及寫作者內心深處的交流管道其實很少。唯有以心中的「道」，來印證對方的「道」，最後必然會走上這條路。

輝夜姬的道……是大義之道。

而我的道……是本心之道。

她的道路並不比我狹窄……不，或許比我更加寬廣。

因為輝夜姬嬌小的身體內，隱藏著足以獨自帶領一座高中的寬廣胸襟；而我真正想守護的，僅僅只是怪人社。

從無私奉獻的角度來看，我遠不及輝夜姬。

但是，即使是這樣，也沒有關係。

幸好此刻的我與輝夜姬，大義之道與本心之道，還短暫地處於同一陣線上。

沒有進行碰撞的理由。

缺乏一決雌雄的必要。

我並不需要證明自己比輝夜姬更強，只要能以夥伴的身分並肩而立，這樣就足夠了。

「……」

輝夜姬像是明白我的意思般，朝我輕輕點頭。

因為身高不夠，輝夜姬仰起臉蛋看向我。

她首先打破長久以來的寂靜。

「既然如此，妾身會於此地……靜待您凱旋而歸。」

此時，與Y高中約定的時間已經到來。

伴隨著「轟隆」一聲，一道純白色的石頭大門忽然出現在怪人社的講臺前，沉重的噸位讓整個地板一震。

那大門裡，流轉著明亮的七彩光芒。

這大概是通往某處決戰場地的傳送門。

看了看風鈴，又看了看沁芷柔，我們三人彼此點點頭。

「那麼，走吧。」

我首先邁出腳步，向大門走去。

「迎戰Y高中……」

——迎戰怪物君！

踏入傳送門的瞬間，有種強烈的吸引力自前方傳來，還來不及升起驚訝的念頭，就被那吸引力急速往前拉去。

這是一個彷彿隧道般的空間。

在快速飛行的過程中，彷彿於瞬間跨越了無數距離，時間的概念逐漸變得模糊。

過了不久，原本看似無窮無盡的隧道末端，出現一道像是出口的亮光。

「……」

下一刻，我們像砲彈般衝出那出口，來到了另一個世界。

但是——像是從時空裂縫的縫隙裡衝出那樣，我們出現後……竟然身處雲層中。從這個高度看下去，人類大概會縮成像沙子般的小點吧。

「哇!!」

「什麼、什麼!?」

驚慌的大叫聲從我們之中傳出。

幸好，令人感到不可思議的是，我們三人竟然像羽毛一樣輕飄飄、緩慢地降落，並沒有像預想那樣直線下墜。

趁著短暫的滯空時間，利用絕佳的高處視野，我們開始打量底下的世界。

「……？」

「那是……」

雪白。

巨大的雪白——首先衝入腦海的是這樣的印象。

一棟棟巨大寬闊無比、雪白色的凡爾賽式風格建築物，聚集形成一個城鎮規模的白色地帶。

「不……那根本不是什麼城鎮，而是類似城堡那樣，眾多建築合起來才是一個整體的……龐大王宮!!」

那無數建築，橫著擴散開來至少就占據了幾十公里的範圍，越是往王宮深處，建築物就越高，最裡面更有一座如山般宏偉的高聳神殿，它就像王者一樣俯瞰著自己的子民。

那座神殿，最高處有著像閃電一樣的尖銳標誌。許多雄鷹在上面盤旋環繞，時不時發出高昂的啼鳴。

「……以友誼賽來說，場地也太大了吧？」

以一整個世界來做為友誼賽，未免也太鄭重了點。就連平常進行模擬賽，都只是利用骰子房間而已。

抑或是說，這就是怪物君登場的規格與氣度嗎……就連簡單的友誼賽，也充滿著不可輕忽的王者風範。

從高空中注視著難以理解的現狀，過了不久，我們三人終於落地。

「……」

「剛好降落在門口呢。」

就像被刻意設計好那樣，我們降落在這座規模誇張的王宮正門口。

門口這邊有著雪白色的石頭圍牆，與看起來堅固無比的大門。深鎖的大門也宣告著戒備之森嚴，讓人一時之間不知從何進入。

就連大門都有五層樓左右的高度，擁有足以讓十輛左右的卡車同時通行的寬敞程度。那是僅僅抬頭仰視，就會令人感到心懷敬畏的磅礡氣勢。

「那麼，現在門是鎖上的，我們該怎麼越過城牆……或是穿過大門呢？」

沁芷柔用手比劃著城牆的高度。或許就連忍者也沒辦法輕易攀過這道防線。

但是決戰場地很明顯就在王宮內，該怎麼辦好呢？

幸好，就在感到無比困惑時，眼前忽然出現了繼續前進的線索。

那是一道光。

一道很強烈的光。

那光，先是在半空中聚攏成形，出現模糊的人形，接著連背景都隨之構築產生，形成類似資訊影像的模樣。

「……」

我們看清了那影像。

一座充滿滄桑古老氣息的神殿大廳裡，有著無數級盤旋往上的階梯。

在那漫長階梯的延伸極處，也就是眾階梯的最高處，有著一塊可以俯瞰低處的平臺，平臺上有著巨大的王座。

而王座上——坐著名為怪物君的王者，他翹著腿，以好整以暇的悠閒姿態，帶著令人猜不透心意的微笑，目光穿越了無數距離，與我們遙遙對視。

我並不是第一次見到怪物君，但他那過於俊美的長相，似乎要將人拉進眼眸深處的深邃目光，或許看再多次也無法習慣。

他在笑。

但是即使露出笑容，就算隔著光影，也能感受到怪物君那超乎超人……有如身為真正「怪物」般的壓迫感。

「歡迎你們，C高中的最強者……雖然我本來想這麼說，不過現在看來，可以省去這段開場白了。」

可以省去「歡迎你們，C高中的最強者」這段開場白了……？

怪物君這句話是什麼意思呢？我們三人，確實是C高中的主力沒錯。

從風鈴和沁芷柔的迷惑表情看來，顯然她們也不明白怪物君的話中啞謎。

「……吶。」

坐在王座上的怪物君，此時把原本翹起的腳平放在地，彎下腰，將臉孔壓低。

他嘴角的笑容消失了。

黑色的陰影，籠罩了怪物君的上半張臉，他的眼神藏在了黑暗當中。原本就相當強烈的壓迫感，彷彿在這一瞬間又提升了許多。

「我說啊，你們果然瞧不起我對吧？就連到了這個地步，也不肯派出你們的真正王牌嗎？」

……？

怪物君這次的發言，我們依舊沒有真正理解。

彷彿看穿了我們的困惑，怪物君不以為然地哼了一聲。

「大半年前，當時我代表還是墊底的Y高中，去C高中進行挑戰時就注意到了……C高中有一名隱藏起來的高手。他……或者她……收斂了自身所有的強者氣息，徹徹底底偽裝成了一般人。如果不是我達到寫作之極境，或許就連那一絲殘留的線索也無法捕捉。

「彷彿預知我會挑戰C高中，那個人……提早將自身隱藏起來。

「難道我是你們能輕忽以對的敵人嗎？就連試探都不屑給予，在我看來，這是敗者不該有的傲慢。」

獨自說了許久的話，說到這，怪物君稍作停頓。

像是思考了一下，過了片刻，他才再次開口。

「……也罷。

「不管如何，如何這就是你們的選擇，那我也會全盤接受。

「——但是，相對的，我會懷抱著遭受輕蔑的怒火，讓你們付出充分的代價。」

怪物君從王座上慢慢站起。

不知道是不是錯覺，在這瞬間……隨著那起身的動作，他的身影在我們眼中也在被不斷放大、放大、放大——就連座下的王位、那壯麗堂皇的神殿在怪物君面前也變得渺小無比，光是那氣勢帶起的虛影，就足以使所有弱者心懾。

站在絕對強者的高度，臉孔上帶著前所未有的冰冷，怪物君朝我們俯視。

「……通往王座的道路，並不是那麼好走。

「那麼，來吧……前來我這裡，一路過關斬將，殺出屬於你們印證自身的道路。

「——**直到位不見王影的那刻為止!!**」

……

……

天空上的光芒影像……消失了。

然而，怪物君留下的話語，依舊存留於我們的內心深處，在心湖裡激起驚人的波濤。

言語交鋒中帶來的不解，化為殘存的疑惑，使人無法徹底平靜。

不過，怪物君所說的「C高中隱藏起來的王牌」究竟是誰呢？

怪物君那強烈的語氣，讓人完全無法產生懷疑。

他是認真的。想與那個神祕高手對決，所以才提出友誼賽申請。

「……」

順著這點去想，我不禁仔細深思。

……將思緒探入連自身都不知極處的游離意識當中，那更深更深的地方，去探尋答案。

接著……

「前，前輩!?」

「柳天雲……柳天雲？」

耳邊傳來了驚呼聲。

之所以會如此，是因為在剛剛思緒探向深處時，我的眼前驀然出現一片紅光。

那紅光帶著不容質疑的意味，遮斷我繼續下探的可能性。

同時，我的腦袋也感到強烈的暈眩感，身體因為暈眩而跌坐在地，所以才引起夥伴的驚呼。

但是——

在那恍若被封印得極深的彼岸，那紅光滿布的——無垠的意識之海的深處，我看見了——

我看見了一個穿著黑色連身斗篷的身影。斗篷遮蓋得相當嚴實，因此看不見對方的臉孔。

然而，即使在斗篷的遮蓋下，那人長長的頭髮，依舊有幾絲透出斗篷外……

並且，帶起了一抹銀光。

怪物君的光影消失後，王宮的大門發出「隆隆」的巨響，在我們面前轟然敞開。巨大的聲勢同時也帶起勁風與飛揚的塵土，颳得我們一時睜不開眼。

「前輩，你沒事吧？」

風鈴擔憂地望著我。她彎下腰來，試圖幫助我站起。

「……沒事。」

剛剛那不知緣由的紅光實在太過詭異，所以我沒有把剛剛看見的幻覺告訴她們，而是努力裝作沒事的樣子，朝風鈴擠出一個微笑。

沁芷柔則摸了摸我的額頭。

「雖然我覺得不太可能……你該不會是努力過頭不小心感冒了吧？」

「……都說沒事了，我們快走吧。」

我將視線投向已經敞開的城門。

那龐大的入口，就像一隻龐然巨獸的血盆大口那樣，正等著我們自投羅網。

透過入口，已經可以看見王宮內的眾多建築物。我的思緒不由得飛馳——在那眾多建築物拱立盡頭處，就是怪物君所身處的神殿吧，而他就待在神殿的最深處，坐在至高處的王座上，等著我們前去挑戰。

「……有種勇者正要去挑戰魔王的感覺呢。」

我朝身旁的兩人這麼說。

「欸？勇者嗎？前輩的話倒是很像呢。」

風鈴覺得我的比喻很有趣，輕輕笑了起來。

她在笑的時候，以輕輕蜷起的手掌擋住嘴巴，模樣看起來非常可愛。

「哼，哪有穿著校服去打怪的勇者啊！」

沁芷柔則是這麼說。

被沁芷柔一提醒，我看了看自己身上的衣服，又看了看身旁的兩位少女。

……確實呢。

我是短袖的制服上衣與制服褲，風鈴與沁芷柔是水手服與短裙，怎麼看都不像是稱職的勇者團隊。如果硬是要找個最接近的比喻，比較像是放學後正要去逛街的悠閒學生。

想到這裡，我忍不住苦笑。

「唔……算了，總之我們出發吧。」

於是我們跨越城門，走入了城牆的範圍內。

……!!

但是，就在我們跨入城內的剎那——

從四面方八同時響起了不帶任何感情的電子合成音。

很熟悉呢……這個聲音，跟骰子房間裡擔任裁判的晶星人ＡＩ一模一樣。

而晶星人ＡＩ，如同往常那樣，緊接著對我們說出了這次比賽的規則。

「玩家您好，歡迎來到『過往之城』。

「在外界或許過往如雲煙，於『過往之城』中則完全相反……在這裡，『過往』將是最重要的戰力來源。

「從晶星人降臨地球的那一刻開始計算，直到現在為止，玩家們過往曾經寫過的所有輕小說，都可以化為『戰鬥卡牌』。

「在晶星人的評分系統中，獲得評分越高的輕小說，獲得該作品的『戰鬥卡牌』之後，就能召喚出戰鬥力越高、智慧也越高的『怪獸』。此地，『怪獸』將成為玩家闖關的重要戰力。

「在過往之城裡，也充滿了來自敵校玩家所召喚出的『怪獸』，玩家必須一邊蒐集卡牌一邊前進，利用怪獸剷除對方的怪獸，直到打倒敵校所有玩家為止。

「初始將會隨機分發給各位一張『戰鬥卡牌』，在城內的各處，也隱藏著各位曾經寫過的輕小說化成的『戰鬥卡牌』，請小心地蒐集卡片並且前進。

「每位玩家初始有十萬生命值，如果被敵方怪獸直接攻擊導致生命值減少至零，該玩家即視為出局。

「那麼，預祝各位遊戲愉快——」

規則講解結束了。

在半空中有三張發光的卡牌，也正朝我們緩緩落下，在我們三人頭頂各自停下，飄浮於空中不斷旋轉。

「這就是初始隨機分發的戰鬥卡牌吧？希望能抽到厲害的怪獸呢。」

我說。

接著我伸手抓住屬於空中的戰鬥卡牌。再仔細一看牌面，果然是我曾經寫過的輕小說。

卡面有精緻的人物立繪，那是一個穿著魔法師長袍，體型瘦弱，臉龐帶著莫名悲傷的少年。

卡牌名是：《流星爆擊與九翼聖龍》——無名。

除此之外，還附帶詳細的角色介紹：**無名，《流星爆擊與九翼聖龍》作品之主角，一生悲劇，亦師亦友的恩人為了自己而死。在那之後，無名成為了強大的魔導師。由於魔導師的生命本源強大，已經近乎不死，不知真相的無名，在默默流逝歲月中，孤獨地等待再也不會回來的恩人……**

這是我曾經用來參加六校排名戰的作品。

「……」

亦師亦友的恩人為了自己而死嗎……不知道為什麼，明明沒有經歷過類似的事情，我卻有種熟悉的悲傷感。

與此同時，不久前才出現過的幻覺——那個籠罩在斗篷下的人影，再次出現在我的眼前，我也再次看見這個人影的髮絲，帶起的那一抹銀光。

「……」

總覺得再細想下去，又會引起強烈的暈眩或是頭痛，我有這種預感。

我搖了搖頭，試圖將奇怪的想法甩出腦海。

再順著《流星爆擊與九翼聖龍》——無名的角色介紹往下看，可以看到最下面標示著角色的戰鬥力。

無名擁有三萬八千點戰鬥力。

「三萬八千點呀……這算是高還低呀？」

如果怪物君的玩家生命值也是十萬的話，那只要用這隻怪獸攻擊玩家三次就可以擊敗他，乍看之下還是挺厲害的吧？

「妳們呢？妳們的卡片擁有多少攻擊力？」

看向風鈴與沁芷柔，她們把卡面轉向我，讓我看上面的文字說明。

首先是沁芷柔的戰鬥卡牌。

「《戀愛的鐵處女》——卡蜜兒……戰鬥力三萬，擁有特殊效果：『採取防禦姿態時，攻擊力四萬以下的怪獸無法破壞《戀愛的鐵處女》此卡牌』。」

這張卡牌竟然擁有特殊效果，看來並不是單純攻擊力高就能獲勝呢。

再來是風鈴的戰鬥卡牌。

「《兔兔與貓貓球》──兔兔……戰鬥力三萬一千，擁有特殊效果：『可以預先偵查敵方怪獸的攻擊力與特效，範圍一百公尺』。」

風鈴的卡牌特殊能力也很實用。

好奇地打量過大家的卡牌後，沁芷柔說：

「根據規則，我們用來幻化卡牌的輕小說水平越高，拿到的卡牌就越好，這點果然是真的。看來柳天雲的卡牌得到攻擊力提升的效果，而我跟風鈴的卡牌則是獲得了特殊能力！」

她感覺起來相當興奮。

「那麼，我們趕快把怪獸召喚出來吧！」

於是我們相繼召喚出戰鬥怪獸。

無名是瘦弱的少年形象，卡蜜兒是橙髮的女高中生形象，而兔兔是一隻圓滾滾的兔子。

但是──這些怪獸有個共通點。

「好、好大！」

「也太大隻了吧！」

體型在原作中普普通通的兔子，在被戰鬥卡牌怪獸化之後，竟然變成一點五米高的巨大兔子，看起來能輕易把人類撲倒的感覺。

而無名與卡蜜兒更加誇張，他們至少都有兩層樓高，無名更是接近三層樓的高度。

「這是為了方便怪獸們找到彼此，然後進行戰鬥碰撞的設計吧？」

我如此猜測。

然而，經過幾次實驗，這些怪獸雖然有自我意識，但只能履行簡單的命令，例如「撿起那邊的石頭」、「蹲下來」、「原地轉圈」之類的指令還能辦到，但太複雜的指令就不會執行。

「也是啦，既然戰鬥力也影響到怪獸的智慧，如果開場幸運地召喚出飛行系的怪獸，直接讓牠載著我們飛到終點那就太輕鬆了，剛開始給的卡牌當然不會太強。我想這種四萬左右程度戰鬥力的怪獸，應該只能執行『攻擊』、『防禦』、『前進』、『後退』、『使用特殊能力』還有一些簡單的動作吧。」

「嗯、嗯！前輩的分析應該沒錯，風鈴也這麼覺得哦。」

弄懂基礎之後，我們開始前進。

踏在白色的石磚上，沿著街道往前走，越過許多建築物，這裡大到會讓人迷路。有時候，如果被大型建築物擋住視線，甚至會繞一圈之後又回到原點。

「柳天雲，其實你方向感很差吧？」

「……沒有這回事。」

面對沁芷柔尖銳、不滿的質詢，我搖頭否認。

「可是你已經帶著我們走錯三次路了！」

「原來如此嗎……？這個迷宮，居然還附帶自動修改路徑的功能……嗎？」

「才怪呢！我們只是迷路而已吧！」

先不提路途上的爭執。

好不容易找到前進的道路後，我們來到了一條狹長的道路上。

四周都被高聳的建築物圍堵，彷彿刻意要營造出這麼一條單行道那樣，面前是一條寬約五公尺、長約三百公尺的通道。

通過這條單行道後，似乎就有廣闊的空地。

「光看就覺得可疑……如果在ＲＰＧ遊戲裡的話，敵人肯定會埋伏起來，以箭矢或落石之類的武器進行攻擊。」

我說。

「……嗯！畢竟在這麼狹窄的地方，連閃避都沒辦法呢。」

沁芷柔也發表意見。

「……不過只有這條路可以走吧？得想辦法通過這裡。」

我們駐足在通道的入口處，這時又有了新的發現。

通道的入口處有一座巨大的龍形雕像。這條龍擁有四足四翼，灰白的肌肉線條健壯得猶如刀刻，猙獰的龍頭正仰天發出咆哮。

可謂栩栩如生。

如果凝視雕像過久，甚至會產生這條龍隨時會振翅飛走的錯覺。

「……」

這座雕像意味著什麼呢？

我不明白。

沁芷柔與風鈴也不明白。

但是，如果打算繼續前行，我們就必須頂著內心的疑惑，朝眼前的道路邁出步伐。

「……走吧。」

我走在最前面。

但是——

剛跨入狹長通道的下一秒鐘，周圍的光線忽然暗了下來。

彷彿有龐大的烏雲經過頭頂上空那樣，我們被突如其來的一道陰影覆蓋，與此同時……大地上也颳起了帶起無數細微砂石的勁風。

「快、快看！天空……!!」

風鈴發出驚呼。

在抬頭看向天空的瞬間，我可以感受到自己的瞳孔在霎時間凝縮。

剛剛的陰影——根本不是什麼烏雲經過所導致——而是——

「龍！活生生的龍!!」

與雕像上的龍一模一樣，四足四翼，灰白色的身軀，以及充滿力量感的健壯肌肉……一條充滿古老氣息的巨龍，正從我們上方飛過。

入口處的雕像本來已經足夠壯觀，立起來至少有兩個人高，可是與真貨一相比，頓時顯得渺小無比。

才剛剛踏入狹長通道的我們，都是抬起頭，陷入錯愕當中。

此時，那條巨龍低下頭，並且張開了龍口。

從牠的龍口中，傳出低微的呼嚕聲，並且隱約能看到火光冒出。

「……!!」

這個動作令人感到無比熟悉。

只要過去玩過跟龍有關的電玩的人——都不會陌生——

那無疑是所有龍族的招牌技能——噴火！

「退後！快跑!!」

甚至還來不及仔細思考，危機本能就先做出反應，在龍族的熊熊烈焰抵達以前，我們三人退出窄道，以緊急翻滾的動作撲到一旁的道路上。

就在剛剛迴避完成的瞬間。

幾乎能隔空烤焦頭髮的恐怖烈焰，就這麼從窄道中衝出，烈焰束成筆直而漫長的樣子，遙遙噴出幾百公尺遠。

即使明知是遊戲，被怪獸擊中也不太可能真正迎接死亡，但那股強大的威勢，還是讓人冒起無數雞皮疙瘩……以及恐懼。

……面對未知存在時，那無法言喻的恐懼！

「……」

——那條龍就是怪物君的怪獸吧？

——為什麼那條龍感覺起來這麼強？這還只是接近入口地帶的範圍而已。一般來說，強大的王牌不是該重重鎮守在要地嗎？例如怪物君身處的神殿。

看著夥伴們彼此蒼白的臉色，我們震驚到無法組織言語。

在噴完龍焰後，那條龍又再次飛起，並在空中盤旋。牠並沒有從另一面繞過來直接對我們噴火，而是以銅黃色的巨大龍眼緊盯窄道不放，似乎防備著我們再次踏入。

「呃……那條龍……你們覺得戰鬥力有多少？」

沁芷柔拍了拍高聳的胸口，她看向我以及風鈴，如此發問。

「看這情形，有可能那條龍只會攻擊踏進窄道的敵人，或是嘗試越過窄道的敵人。我們應該冒險通過嗎？我的卡蜜兒擁有特殊能力，採取防禦姿態時，戰鬥力四萬以下的怪獸無法破壞這張卡片。」

……確實。

《戀愛的鐵處女》卡蜜兒——雖然原始攻擊力只有三萬點，但是因為卡片的特殊能力，就連我的怪獸都無法破壞牠。

如果從隊伍裡挑選一個可靠的防禦者，卡蜜兒無疑是最佳選擇。

想到這裡，我忽然又想起一件事。

「對了，風鈴，妳的卡片不是擁有偵查對方怪獸卡的能力嗎？」

風鈴點頭。

「是的，前輩……但是兔兔的能力範圍只有一百公尺。」

「嗯……」

看向足足有三百公尺長的窄道，以剛剛那條龍的噴火速度，如果牠的攻擊力高到可以秒殺風鈴的怪獸，很有可能會在發動能力前遭到殲滅。

必須想個辦法才行。

稍微沉吟片刻，我提出了建議：

「不如這樣子吧？讓防禦力最高的『卡蜜兒』保護『兔兔』在窄道中前進，先嘗試偵查那條龍的攻擊力，再決定要不要通過。」

風鈴與沁芷柔都點頭。

「好主意，前輩！」

「……哼哼，柳天雲，你偶爾也會提出像樣的建議嘛。」

總覺得收到的評語，有尊敬程度上的落差感啊。對於此，我只能苦笑。

於是在短暫的商量安排過後，我們開始執行剛剛決定的計畫。

「好——要上了喲，卡蜜兒！採取防禦姿態!!」

鼓足了幹勁的沁芷柔，緊握著雙拳站在自己的怪獸面前。

看起來像巨大化的女高中生的卡蜜兒，低頭與自己的主人對視。

聽見指令後，卡蜜兒手中亮起一陣黃光，接著憑空變出了一面巨大的銀盾，銀盾上刻著威武的獅鷲圖案。這盾牌比卡蜜兒本人還要龐大，看起來防禦力十足。

盾牌在陽光中反射著耀眼的光芒，沁芷柔「哇」地驚呼一聲，轉頭得意洋洋地向我們介紹這面盾牌的由來。

「在原作《戀愛的鐵處女》裡，這面『銀鷹鷲形盾』是能夠抵擋任何攻勢的盾牌唷！而且卡蜜兒她呀……」

雖然並不像沁芷柔那樣有著高昂的情緒，但是卡蜜兒持著巨盾的樣子確實看起來非常威武。

……不過，在原作中可以抵達所有攻擊的盾牌，在這裡卻只能抵達四萬點以下的攻擊力。

在晶星人的評分系統中，獲得評分越高的輕小說，就能轉化為戰鬥力越高的『戰鬥卡牌』，在喊出卡牌名字進行『怪獸召喚』後，卡牌就能成為玩家闖關的重要戰力。

看來晶星人的規則確實生效了。所以在作品中幾乎所向無敵的「魔導師無名」，戰鬥力也沒有高到超乎想像。

興奮地向我們介紹卡蜜兒故事與盾牌的來歷，沁芷柔轉向風鈴。

「那麼，狐媚女，妳的兔子呢？牠怎麼樣？」

「……咦？兔兔嗎？」

「對啦!!就是那隻兔子！即將要並肩合作的夥伴，總要對彼此進行瞭解吧！」

「那個……兔兔就是兔兔唷。」

「所！以！說！牠總該有點自己的故事吧!?不會沒有半點來歷吧！這隻兔子做為主角有這麼慘嗎！」

風鈴擁著那隻看起來帶著天真與一點傻氣的兔子，向沁芷柔露出有點緊張的微笑。

她們兩人開始彼此交換輕小說的角色設定。

只能說不愧是輕小說家啊……在這種地方也如此注重創作的細節。

終於，五分鐘過去後，風鈴與沁芷柔都已經做好準備。

「好——!!這次真的要上了唷！」

「嗯嗯……!!」

她們看起來都有點緊張，畢竟敵人是實力不明的恐怖巨龍。

尤其是風鈴，她擔心地摸了摸兔兔的皮毛，似乎在祈禱牠能平安回歸。

這時沁芷柔伸出右手，指向充滿危險的窄道。

「上呀，卡蜜兒！採取防禦姿態前進！」

雙手持著銀盾的卡蜜兒，因為體型巨大的緣故，剛好能夠防守住整條道路。卡蜜兒果然依照沁芷柔的命令，持著盾牌緩慢前進。兔兔謹慎地跟在卡蜜兒的身後，受到嚴密的保護。

四萬點的防禦力……與一百公尺的偵查效果。

在無名沒有特殊能力的情況下，這已經是我們隊伍中所能做出的最好搭配。

「……加油。」

「絕對要頂住！」

在少女們傳出的加油聲中，我們目送著怪獸在窄道中逐漸前進。

前進一百公尺。

……一百五十公尺。

距離兔兔使用偵查能力的距離，剩下最後五十公尺。

緊接著。

——緊接著，在震動大地的巨龍咆哮聲中，天空上那條巨龍發現了正在通過窄道的怪獸，振翅快速飛近，嘴裡開始冒出火光，再次開始醞釀高溫的龍焰。

時間在這一刻彷彿瞬間慢了下來，我甚至聽見了巨龍在口中「呼嚕嚕」地凝聚火焰的聲音。

接著——

——龍焰噴射!!

那龍焰勢道張狂，魄力十足，擁有快到無法正面閃躲的速度。

即使不是身在窄道中，普通怪獸多半也無法避開吧。

幸好，卡蜜兒也不需要閃躲。

發出一聲嬌叱，卡蜜兒把比自己還要巨大的銀盾，重重立在地面上，以雙手與左肩共同抵著盾牌的背面，似乎想抵擋隨後而來的衝擊力。

在她做完這一切動作的瞬間，龍焰也噴到了盾面上。

但是，隨後映入眼簾的景象，卻讓我們不敢置信。

「……什麼？」

「銀鷹鷲形盾……好像在融化？」

沒錯。

銀鷹鷲形盾確實在融化。以令人絕望的速度，原本厚實的盾面正在不斷變薄，化為銀汁，然後瞬間蒸發。

一秒鐘……兩秒鐘……三秒鐘。從抵擋的開始到結束，也不過短短三秒鐘而已。手持著引以為傲的銀盾，怪獸卡蜜兒直到死亡為止，僅僅在強敵面前支撐了三秒鐘。

然後……在盾牌完全融化，不再具備防禦力的瞬間，卡蜜兒徹底在龍焰的灼燒下化為灰燼。

「——兔兔!!」

在最緊急的時刻，響起的是風鈴的叫喊聲。

場。

但是，連防禦力最厲害的卡蜜兒，都在龍焰的攻擊下，以幾乎被秒殺的姿態退場。

就在我已經不抱有任何希望的剎那，風鈴的喊聲卻穿越了龍焰的威脅，傳達至怪獸的身旁。

「兔兔──使用偵查!!」

但是，偵查能力的範圍相當有限……即使算上卡蜜兒拚死爭取來的前進距離，現在也還差上五十公尺。

「……」

聽到主人的命令，名為兔兔的巨大兔子耳朵微微擺動。

怪獸戰鬥力並沒有強到足以拔高智慧，本來不該擁有太多自我思考能力的兔兔──在這一瞬間卻產生令人驚訝的舉動。

身為輕小說裡的主角，就像對自己的創造者予以回報那樣，牠回過頭看了風鈴一眼。

接著，兔兔後腳一彈，在卡蜜兒消失前所製造出的最後空隙中，在地上踏出了一個凹陷的坑洞，接著如子彈般往天空飛去……飛去……險之又險地擦過高溫的火柱，不斷往噴火中的巨龍接近。

──牠辦到了，雖然原本不可能，但兔兔還是辦到了！

我彷彿能聽見風鈴的心聲。

風鈴緊張地雙手互絞，但是卻彷彿要見證自己筆下的主角的一切努力那樣，睜大了雙眼，再次發出帶著哭腔的指令。

「兔兔!!使用偵查!!」

在半空中，兔兔的皮毛上浮現溫和的紫色光芒，籠罩牠周遭的一百公尺範圍。

那紫色光芒……當然也映照出了巨龍的身影。

「嗷～～吼～～～!!」

受到特殊技能照射的巨龍，發出前所未有的憤怒叫聲。牠似乎不耐煩再以火焰對準敵人，橫過翅膀一拍一劃，無數道巨大的風刃就這樣倏地產生，像密集的雨點一樣襲向身處半空的兔兔。

……

正在施展技能的兔兔似乎不能夠移動，在半空中也無所借力的牠，步上卡蜜兒的後塵，與夥伴一起戰死，化為點點光芒……消逝了。

但是，在消逝之前，兔兔的特殊技能「偵查」已經生效。

巨龍的頭頂上，慢慢浮現了紫色的數字。

事情到這個局面，再怎麼遲鈍的人也能明白，那是兩隻怪獸拚死所換來的——敵人戰鬥力數值的情報。

與沉默不語的沁芷柔，與紅著眼眶的風鈴，我們三人一起向再次高高翱翔天際的巨龍看去。

……那巨龍頭上的數字，紫中帶紅，就像宣示著通過此地必定得流下鮮血那樣，令人望而怵目驚心，彷彿預告了某種不祥。

成功得到情報的小小喜悅，瞬間被眼前的事實沖垮。我們三人之間一片死寂。

但不管怎麼注視，再怎麼嘗試自欺欺人，事實也依舊高懸天空。

「不可能……」

「這怎麼可能呢……」

場中一陣微風吹過，但卻無法帶走我們的驚慌。

「這戰鬥力的數字……怎麼會這麼高……？」

……

巨龍的戰鬥力，與其說超過估計……不如說，根本不在考慮範圍內。

「十六萬八千五百！」

無名、卡蜜兒、兔兔，就算這三者戰鬥力加總，也不如此刻高懸天空，如同烏雲般，給大地帶來陰影的王者巨獸。

或許，這戰鬥力也正與牠那驚人、磅礴的氣勢所相襯。無法估計，無法預料，只能在面臨死亡的那一刻稍加仰望。

……

……強大。

實在太過強大。

十六萬八千五百的戰鬥力……這還只是看守入口的怪獸而已。

如同怪物君當初降臨C高中時所帶給眾人的壓迫感相同，過了許多時日的今天，我們再次體會到相同的絕望。

我們曾經一度以為拉近了與怪物君之間的距離，沒想到，怪物君就像一座原本被籠罩在迷霧中的高山，我們僅是擁有了走近高山的資格，即使那迷霧開始散去，原先朦朧的實力怪物終於現出全貌……接著赫然發現，我們原本以為是山頂的地方，原來只是山腳處而已。

正因為取得接近怪物君的資格，來到了王座底下，有了系統給予的怪獸戰鬥力對比，再換算成輕小說的實力，我們頓時深刻體會到那巨大的實力差距。

遭到心靈震懾。

受到氣勢壓迫。

恐怕，當初怪物君碾壓A、B、C、D、E這五所高中，也只出了小半實力而已。

怪物君究竟是抱持著什麼樣的心態……與我們作戰的呢？練習嗎？玩耍嗎？還是……在他眼中，與各個高中交手，連「作戰」這兩個字都不能劃上等號呢？

思及此，我也忽然明白了一件事。

「難怪……明明上次來Y高中時態度和善的怪物君……剛剛會這麼憤怒。」

「他確實有憤怒的資格……」

不知為何認為C高中隱藏起了一名強者，只派出剩餘選手的怪物君，在他看來，C高中抱持著弱者不該有的傲慢。

即使擁有超絕實力，依舊想從C高中見識到些什麼，決定與我們進行友誼賽的怪物君，等於得到了侮辱性的回應。

……

即使先不提及往事。

擺在面前的，也是鐵一般的殘酷事實。

雙方剛一照面，僅僅一個試探性的交手，我方就失去了兩隻擁有特殊能力的怪獸。

然而，就算付出如此巨大的代價，眼前的難題也尚未解決。

剛剛在迷路時已經整整繞了一圈，應該已經沒有別條路可走，這條介於生死之間的窄道，是唯一能夠通往神殿的路線。

……可是，現在這條路該怎麼過？

「嗷～～吼～～～」

不時發出驚人的咆哮聲，那條巨龍依舊在空中盤旋，滅絕一切膽敢踏入守護領域的不速之客。

找不到前進的方向。

看不見眼前的希望。

……被阻擋在關卡的入口處，C高中就此失去前進的能力。

「該怎麼辦？」

類似的疑問在彼此臉上浮現，我們三人都陷入思考當中。

然而。

接下來，地面忽然開始搖動。

就像是大象經過附近時的那種地面動搖感，有某種龐大的生物正踩在地上往這裡靠近。

就連高聳的凡爾賽式風格建築物，也無法阻攔那個生物的身形。

我們的視線不斷拔高……拔高，最後停留在連鳥類都必須盡情伸展翅膀才能抵達的高空處。

……就連剛剛不斷噴火的巨龍都沒有嘗試飛那麼高過。

但是，就在那種高空處，一個如山岳般龐大的巨人的上半身赫然出現。他由原先蹲著的姿態緩緩站起，不斷占據更多空間，將整個身軀探往高處。

巨人的身上長滿青苔，偶然露出的皮膚則是呈現石頭般的堅硬灰白色，他彷彿已經維持了原先的姿勢無數萬年之久，直到剛剛才從沉眠中甦醒。

令人感到震驚的是，巨人並不是赤手空拳。

他的手上倒提著粗厚、像山脈般厚實的猙獰巨棒，背上還斜背著彷彿足以射穿地心的巨型弓箭。

很快，巨人注意到在空中不斷盤旋的巨龍。

原先看起來無比龐大的這條龍，在這名古樸的巨人面前，也只能算是體型普通而已。與烏鴉對比人類的大小相似。

於是巨人扔下棍棒，再次引起大地動搖。

接著，巨人踩步、抬手、拉弓，動作無比流暢，一氣呵成地將箭矢搭在弦上，瞄準的目標赫然是高空中的巨龍！

再然後……

就沒有然後了。

沒有想像中的激烈交戰產生，有的只是純粹的暴力碾壓。

僅僅一箭，劇烈破開空間的箭矢，先是在弓弦上爆出一團空氣漣漪，接著以肉眼完全無法追蹤的速度射穿了巨龍。那條剛剛還得意不可一世的巨龍……就這麼蒼白而無力地落下，落在地面後化為點點光芒消散。

「……」

眼看射下了對方，巨人滿意地一點頭，接著又慢慢蹲了下來，似乎進入了靜止睡眠狀態，就像一座再普通不過的小山那樣。

「那個巨人……也是怪物君的怪獸吧？」

我猶豫了一下，慢慢道。

「嗯，看來是。畢竟沒有其他參賽者了。」

沁芷柔附和。

風鈴想了想，說：

「那、那個，也就是說，怪物君的怪獸，會彼此互相殘殺嗎？」

我說：

「似乎沒錯。」

……

失去了巨龍的守衛，我們終於能往前走。

但是，心中並沒有半點通過難關的喜悅。

……原因無他。

怪獸如果沒有召喚者的指令，是不會隨意進行攻擊的。

很明顯。

怪物君多半已經事先料到，我們有可能無法通過這道關卡，從此被困死在這邊……因此對巨人下達「如果敵人長時間無法通過，就擊殺巨龍」的指令。

也就是說……剛剛的突發事件，僅僅是王者給予弱者近乎憐憫的慈悲。

但是，正是如此輕鬆寫意犧牲掉一員怪獸的態度，更讓我感到不寒而慄。

那隻高高在上的巨龍，戰鬥力可是高達十六萬八千五百。放在現在的局面，巨龍就算擔當最後守門的Ｂｏｓｓ也絲毫不失格調。

然而，僅僅是以戲耍般的對敵態度，巨龍就這麼被巨人秒殺掉了。

如果往更深一層考慮呢？

巨人顯然比巨龍攻擊力還要更高，究竟高了多少？十八萬？還是二十萬？而且會不會巨龍與巨人只是攻擊力最低的怪獸之一？

……窘迫。

無比的窘迫！

有種越是靠近怪物君，越是瞭解怪物君，就越是把自己逼上絕路的感受。

「或許……從一開始我們就不是挑戰者。」

我清晰理解了現狀。

在這座城市中，我們並不是挑戰者……

而是只能苟且偷生的倖存者，這件事實。

「哈哈……」

可是，明明局面如此惡劣，我卻忍不住按住臉，想笑。

想要笑，想笑得不得了。

「哈哈哈哈……

「哈哈哈哈哈哈哈哈哈哈哈哈……哈哈哈哈哈哈哈哈哈哈哈……」

這不是太有趣了嗎？

在小時候曾經打遍寫作界無敵手的我……那個當年曾經一度以為已經攀到同屆

寫作界頂峰的我，竟然也會被逼到這種程度。

遭到不留情的碾壓。

受到赤裸裸的同情。

碾壓……同情……我嗎？我柳天雲？

「哈哈哈哈……哈哈哈哈哈哈哈哈哈哈……哈哈哈哈哈哈哈哈哈哈……」

因此我才想要笑，笑自己的愚蠢，也笑這個世界如此精采，而我竟然沒有發現。

「怪物君，我必須得感謝你。

「我會變得更強……更強，直到能站到你面前，與你堂堂正正對決為止！」

接著我們通過窄道，繼續前進。

小心翼翼地避開睡覺中的巨人，我們往神殿的方向繼續出發。

雖然整個城市就像迷宮一樣複雜，是由無數建築物構成的整體，但是在經過起初的窄道後，就再也沒有單獨的通道這回事了。

A、B、C路線都可以到D地點，每條路徑都有各自的特色與難度，實際要走哪條路，則需要謹慎地觀察與抉擇。

「啊、這個建築物裡也有寶箱！」

在探索中，沁芷柔有了新發現。

有些建築物的門是可以推開的，積滿灰塵的屋內偶爾會有灰褐色的寶箱存在，打開來可以得到怪獸卡片或者其他道具。

陸續開啟幾個寶箱之後，就連最缺乏的怪獸卡也有所斬獲，我方隊伍獲得戰力上的補充。

「咦？這次的寶箱裡有人家的怪獸卡！」

「嗯嗯、風鈴也拿到了！」

喜出望外的兩名少女獲得了怪獸卡，在仔細研究過後，我們得到一套新的戰術。

「沁芷柔的新怪獸『鐵拳聖女』，戰鬥力三萬三千，可以打出一次攻擊力五倍的攻擊。」

「風鈴的新怪獸『草莓布布』戰鬥力有三萬四千，可以軟化對方的戰鬥意志，使敵人怪獸暫時無法出手攻擊。」

「我拿到的是咒術卡片『隱形身軀』，可以讓魔法系的怪獸學習。」

魔法系的怪獸？無名在輕小說裡可是精通各系法術的魔導師。

於是我將「隱形身軀」的卡片交給無名。

卡片到了無名手上之後，「砰」的一聲冒出煙霧，變成一本燙金封面的書，上面寫著難以理解的深奧文字。書本在無名面前不斷自動翻動，發出嘩啦啦的聲響。

接著一陣金光籠罩了無名，在光芒結束後，無名的怪獸卡說明上多了技能說明。

形。

「隱形身軀」：可以變得透明化，藏匿起自身，讓五公尺以外的怪獸無法看見身形。

沁芷柔也湊過來看無名的怪獸卡。

「透明化看不見嗎……也就是說，如果對方的怪獸是靠嗅覺或聽覺之類來發現敵人，就沒辦法隱瞞過去囉？」

說得有道理。

看來要小心使用這個技能。

我們繼續前進。幸好怪物君身處的神殿，有燈塔般的標誌性高度，只要沒有東西遮擋，就能認清方向。

接著又遇到了岔路。

在A路線我們發現了一隻獅身蛇尾的龐大妖怪，我曾經在妖怪圖鑑上看過——這隻妖怪名為夜梟。牠擋在必經之路上，身上散發出完全不遜於巨龍的驚人氣勢。

夜梟的身後守護著一個巨大寶箱。

「看起來聽力跟嗅覺都很靈敏……而且實力似乎也很強。雖然放棄寶箱很可惜，但還是別輕易招惹牠，循著原路回去，走B路線試試。」

眾人在商量之後，得出這個結論。

「不過，前輩，這樣其實很有冒險者的感覺呢？」

風鈴笑著說。

「所謂的勇者好像、好像正是這樣唷！在村民家裡翻箱倒櫃地尋找讓自己變強的物資，努力打怪之後再去尋找大魔王！」

「喂喂，翻箱倒櫃什麼的，那是小偷吧。」

我忍不住吐槽。

「嘻嘻，好像也是。」

風鈴的臉微微紅了起來，看起來非常可愛。

沁芷柔則是雙手枕著後腦，一臉無所謂的樣子。

「哎呀不管啦，反正能變強的東西都拿過來用就對了，總比玩到卡關好吧！就算是美少女遊戲，也要等對方的好感度累積到一定程度，才能開啟下一階段呀！」

「下一階段嗎……」

我點點頭，忽然覺得這比喻滿貼切的。

先不論眼前的遊戲，其實我們已經走過很多「下一階段」。

從晶星人降臨，直到C高中產生動盪，桓紫音老師強勢鎮壓C高中並統領，怪物君降臨，C高中落到最後一名……不斷努力、努力、努力，歷經無數努力不斷往上爬，怪人社的規模不斷壯大，最後也結識了輝夜姬，並一路走到了今天。

「真的是……很多『下一階段』呢。」

現在的話，六校最終之戰，在幾個月後就要到來。

很快我們就會面臨生死決戰。

「……」

想著想著，在B路線的必經之路，我又看見一頭龐然大物。

那是一隻渾身毛色墨黑，戴著黑紫色面具，拿著鐵環法杖，足足有十個人高度的黑天狗。

而且這隻天狗並不是原地不動，牠微微扇動著翅膀，以面具上的孔洞不斷東張西望，似乎隨時準備出擊。

「……這隻怪獸也很強的感覺，人家有種直覺，牠說不定比剛剛的夜梟還要厲害。」

沁芷柔圈起手掌充當望遠鏡，觀察後，她這麼說。

我們慢慢步行回去，再沿著C路線重新出發，

C路線的路徑比較蜿蜒崎嶇，接著我們有點意外地發現一個沼澤。

在這個巨大城市的正中心，竟然有一個如湖泊般大小的沼澤。

沼澤呈現魔性的深紫色，如沸騰般不斷冒著氣泡，屬於那種打死也不想有直接接觸的液體。

這個沼澤，似乎是吞噬了原本的建築物才誕生的存在，在沼澤的表面上還能依稀見到建築物的尖端或屋頂。這些地方恰好能當作一個個落足點，在這些落足點之間移動，大概就能夠穿越沼澤吧。

「足以吞沒建築物的深度啊……這沼澤至少也有四、五層樓深吧。」

「因為沼澤爛泥巴般的表面，也完全看不見底下有什麼東西……或有什麼生物存在。沒有道理其他路線都有強大的生物守衛，唯獨這裡能悠閒度過。」

遙遙盯著沼澤表面，我們這麼做出推斷。

「啊、前輩，你看那邊！」

這時候眼尖的風鈴似乎看見了什麼。

順著她手指的方向看去，能看見沼澤正中心有些微紅光正在閃爍。

我瞇著眼睛仔細辨認。

原來那是一塊類似擂臺模樣，正正方方的建築物頂端。大概在被吞沒前這是一棟頗為雄偉的建築物吧，就算是遭到沼澤所侵噬，現在依舊留有半公尺左右的高度，看起來是相當安全的落足點。

而在那方形的空間裡，有一個目前為止我們見過最大的寶箱，跟之前深褐色的寶箱顏色也完全不同，這個寶箱上面鑲滿了亮眼的紅寶石。就連外觀都如此華麗，似乎裡面裝著了不起的寶物。

「唔～～嗯～～!!好想知道裡面有什麼東西喔！」

沁芷柔搓著雙手，眼睛頓時亮了起來。

「照著輕小說裡面的既定套路，裡面肯定裝著可以斬殺Ｂｏｓｓ的神兵利器吧？或者是寫著魔王弱點的前勇者遺書！嗚嗚……繼承前人遺志，真是太帥氣了!!」

啊、差點忘了她對於類似的套路沒有任何抵抗力。

為了增強輕小說的實力，沁芷柔甚至不惜以自身去扮演筆下的角色，看到可以揣摩情境的機會來臨，她當然會感到興奮。

「吶、吶，柳天雲，你不覺得很帥嗎？果然超帥的沒錯吧!!」

「是是……總之，我們先派怪獸去試著打開寶箱吧？」

「欸？你也太敷衍了吧！想轉移話題嗎！」

被發現了啊……有時候沁芷柔也挺敏銳的。

「別想隨便蒙混過去，這對本小姐的輕小說人生來說，可是很重要的環節唷！」

「……好、好啦。」

好驚人的氣勢。

先任由沁芷柔把心中的憧憬完美進行描述，這時候時間已經流逝了五分鐘。

再來進入正題，究竟該怎麼打開沼澤中央的寶箱，並取得寶物呢？

找了個乾淨的地方坐下，我們展開臨時會議。

由擔任臨時議長的我首先發話。

「那麼，妳們有什麼看法或建議呢？」

平常在課堂上總是熱衷於回答問題的好孩子風鈴，第一個舉起了手。

我向風鈴平攤雙手手掌，把發話權轉交給她。

風鈴說：

「那個，風鈴覺得呢，沼澤底下一定會有怪獸，很大很大的怪獸！有人經過時，就會突然跳出來攻擊!!」

在空中以雙手劃了個大圓，風鈴盡力表達著自己的想法。

「所以呢，必須一邊閃躲一邊前進，要注意閃避才行！」

風鈴的表情很認真。

而平常上課時最常與桓紫音老師吵嘴的壞孩子沁芷柔，也在這時發言了。

「啊啊……以狐媚女來說，能設想到這種程度已經很好了。哼，牽扯到冒險者的浪漫，這畢竟是本小姐的專長呢。」

沁芷柔雙手環著胸口如此發言。

她先是捧了自己幾句，把自己抬到很高的地位上，接著才提出建議：

「柳天雲的怪獸會隱身對吧？直接讓那個怪獸……是叫無名嗎？派牠隱身去把寶物偷過來，在路途中也可以充當偵察的斥候，如果沒問題的話，我們剩下的人再過去。即使無名在路上遭遇了敵人，攻擊力在團隊裡最高的無名，也是存活率最高的。」

我有點吃驚地看向沁芷柔，沁芷柔也回望著我。

將心中的驚訝化為文字，最後我出口的是這樣子的一句話。

「妳是本人沒錯吧？」

「……你的問話方式可真失禮，就不能老老實實地讚賞本小姐的智慧嗎？」

「呃！」

「果、果然你心中也跟桓紫音老師一樣，都覺得我胸、胸大無什麼的嗎！殺了你喔！再不改正觀念我絕對會殺了你！」

「我、我沒那樣想啦。」

「那你為什麼轉開視線！再說——」

沁芷柔越說越氣，忽然撲向風鈴，從後面抓住了她。

沁芷柔手掌按住了風鈴的腹部，讓原本略微寬鬆的制服緊貼著小腹，這個舉動凸顯出了風鈴的身體曲線。

「——再說，你看，狐媚女的胸部不是也很大嗎!!卻只對我有偏見，真是太不公平了!!」

「噫——!?」

風鈴嚇了一跳，想要掙扎，卻被沁芷柔牢牢按住。

「妳至少有E吧？有吧！只是平常藏在衣服底下看起來不明顯而已，啊——越想越氣！臭狐媚女！」

其實我早就知道風鈴的豐滿程度遠超同儕，即使是在幾乎全員女性的怪人社中，她也只輸給沁芷柔而已。

但是知道是一回事，被刻意強調出來又是一回事。此刻的風鈴，用僅能小範圍活動的雙手急忙向我搖手，像是急於想否認些什麼，又像是叫我不要看，但她臉卻是越來越紅，最後紅到像熟透的蘋果一樣。

看到風鈴那慌張害羞到快要爆炸的表情，雖然覺得這樣也很可愛，但還是有點不忍心，於是我轉過身去正坐，努力裝作什麼也沒看見。

同時，我也不禁感到慶幸……還好雛雪不在這裡，不然局面肯定會更加混亂吧。

～～五分鐘之後～～

「哈～～啊～～好累喔，總覺得力量提前用光了。」

以相當沒有形象的姿勢坐倒在地上，沁芷柔這麼說。

「是、是呢。」

風鈴也靠在建築物旁邊休息。

累……嗎？

說是這麼說，但她們臉上的表情比之前輕鬆多了。

或許這樣也不錯，當成在應付強敵前的最後放鬆。畢竟在進入這座城市以來，受到怪物君的氣勢壓迫，她們一直以來都太過緊繃。

緊繃會導致失常。

而在險惡的對決中，一絲失常都可能會引來敗北。

所以，以自己的方式、或者說是怪人社獨有的方式來確實接近勝利，這就是我們的做法。

休息片刻後，我們開始進入正題。

「那就照著沁芷柔先前的提議，派無名隱身過去探路，如果能順便打開寶箱那就最好。」

「好！」

有了確定的結論，魔導師造型的無名開始往沼澤深處前進，沿著一個個落足點往前跳，用很快的速度接近正中央的寶箱。

咕嚕咕嚕……

可是，隱身中的無名才剛前進三分之一的距離，沼澤裡原本就在沸騰的氣泡，忽然響聲更加劇烈。

緊接著，就像海面上有無數飛魚破水而出那樣，有許多奇形怪狀的魚類生物從沼澤表面跳了起來，狠狠咬向無名。這些怪魚都呈現深紫色或者咖啡色，難怪躲在沼澤裡不會被發現。

隱形被看破了！

「攻擊那些怪魚！」

我緊張地下達命令。

無名抬起法杖，射出一道熾烈的魔法光束，果然打倒許多怪魚。

但是怪魚實在太多，還是有無數怪魚從魔法光束的旁邊擦過，咬到了無名的身上。

「啊……！」

糟糕了嗎？

下一瞬間，意料之外的情況產生了。

「咦？」

雖然受到怪魚的啃咬，但是無名看起來卻沒有受到損傷，他法杖連連揮動，迅速消滅著敵人。

「該不會這些怪魚很弱吧？是這樣的話，那就太好……」

「前、前輩!!」

此時，風鈴急促的驚呼聲，中斷了我的思考。

「？」

我扭頭看向風鈴。

風鈴看起來很緊張。

「你的頭頂上——玩家生命值正在減少！速度好快!!」

什麼？

我抬頭，果然看見像是生命值的紅色數字，正在以每次削減五百的速度往下滑落。原本有十萬的生命值，現在只剩下九萬四千了。

這時候又有兩條怪魚突破無名的法術攻擊，咬在他身上。

負一千!!

生命值又有劇烈變動，現在只剩九萬三千了。

「原來如此……每次被怪魚攻擊，召喚者的生命值就會被扣除五百嗎？這跟直接攻擊玩家沒有兩樣。」

看來這些怪魚雖然本身戰鬥力不怎麼樣，但是卻擁有優秀的特殊能力，而且勝在量多，無名至少已經殺死幾十條怪魚，被包圍的劣勢卻沒有好轉的跡象，反而是從沼澤裡跳出的怪魚越來越多，幾乎將那一帶染成了深紫色。

一般來說，怪獸被對方的怪獸擊敗，不會扣除生命值——像現在這種無法殲滅敵人，生命值又快速掉落的情況，可以說是最糟糕的局面。從這點看來……或許我們選擇的C路線，才是最險惡的一條路線？

「無名，退回來！」

我趕緊下達命令。

無名聽見了我的聲音，就在牠正要後退時——

嘩啦——撲通。

一條小型鯨魚般的特大怪魚從沼澤中躍出，阻斷了無名的退路。與其他普通怪魚相比，這隻怪魚除了體型大上好幾號之外，身上還有著如閃電般橫過身體的血紋，看起來相當顯眼。

這條特大的血紋怪魚，看起來是精神領袖般的存在，才剛剛一出現，附近的普通怪魚頓時感到振奮起來，除了發出奇特的嗡鳴聲之外，攻擊慾望也變得更加強烈。

「糟糕了，我的血量……!!」

九萬……八萬……七萬，血紋怪魚出現後的短短幾秒鐘內，我的血量就被削減好幾萬。

必須得轉換策略才行！

「前輩，不如先打倒那條首領怪魚試試？」

風鈴急忙提出建議。

……聽起來不錯。

於是無名改變攻擊方向，將蓄力過後的魔法光束，往血紋怪魚射去。

發出「嘶啦」的一聲，以身軀完全承受無名的攻擊，血紋怪魚在半空中略微停滯，像觸電那樣全身一陣抖動，似乎有受到一些傷害，鱗片也掉落不少，接著才再次落回沼澤裡。

可是從沼澤中再次躍起時，血紋怪魚的傷勢已經徹底恢復，甚至連鱗片也重新生長出來，比之前更有活力。

「難道只要鑽回沼澤裡，這些怪魚的傷勢就能得到痊癒？」

之前的普通怪魚，無名都能夠秒殺掉，所以還是首次落入這種尷尬的局面。

——也就是說，我們必須要催發可以秒殺掉血紋怪魚的攻擊，不然牠能夠不斷恢復傷勢，這樣下去沒完沒了。

「交給我!!」

因為擔心進去也只會遭到圍攻，從剛剛開始就一直在觀察情勢的沁芷柔，忽然提高了音量出聲。

「去吧，鐵拳聖女！」

鐵拳聖女是沁芷柔的怪獸，她穿著潔白的聖女服，雖然手上拿著類似十字架的權杖武器，卻總是用拳頭來毆打敵人。

在沁芷柔的命令下，鐵拳聖女在沼澤一個個落足點上快速跳躍前進。途中也有不少怪魚試圖躍起阻止，但因為鐵拳聖女的速度實在太快，只咬中對方留下的殘影。

聽見沁芷柔的命令，我忽然恍然大悟。

我們的目光在瞬間對上，在這一剎那，我們可以說是心意相通，彼此互相點頭。

因為——很明顯。

我們必須打倒那條首領血紋怪魚，才有開創新局面的可能性。

但是無名沒辦法擊殺牠，只要敵人再次落回沼澤中，血紋怪魚就會恢復如初，再次撲出攻擊。

——也就是說，是沁芷柔的怪獸登場的時候了！

「鐵拳聖女」的原始戰鬥力雖然是三萬三千，但是特殊能力是：可以打出一次攻擊力五倍的攻擊。

三萬三千的五倍……也就是十六萬五千，這可是幾乎連巨龍都能匹敵的超高傷害！

這條怪魚，不論是格調……氣勢……還是只能仗著海量手下來圍攻的戰術，都說明了牠的實力並不會太過強大。

換句話說，這條血紋怪魚，絕對是我們力所能及——能夠堂堂正正施以鐵拳，予以擊破的敵人!!

彷彿察覺了鐵拳聖女的威脅性，血紋怪魚向疾奔而來的新敵人看了一眼。

「呼……嚕……」

發出不太像魚類會有的叫聲，血紋怪魚在又一次跳躍落下的同時，向鐵拳聖女的反方向落去，似乎想要潛入沼澤中逃走。

一旦被血紋怪魚潛入沼澤深處，我們就拿牠沒辦法了。

「無名，阻止牠！」

我發出高喊聲。

無名果然迅速發出魔法光束，擊中血紋怪魚。雖然無法對血紋怪魚造成太大傷害，不過確確實實地爭取到了時間，使怪魚在半空中稍微停滯一下。

「柳天雲，幹得好！」

利用這段可貴且極為短暫的停滯時間，鐵拳聖女從百公尺外直接躍起，跳向了血紋怪魚。

可是……

「可是……鐵拳聖女好像沒辦法跳這麼遠？」

讓人擔心到忍不住皺起眉頭。

因為看鐵拳聖女躍起、身體在半空中所劃出的拋物線，怎麼看都只能躍出一半距離，最後落在沼澤中而已，離血紋怪魚實在太過遙遠，更別說出拳攻擊了。

身為鐵拳聖女的召喚者，沁芷柔在這時深深吸了一口氣。

在她吸氣的同時，原本就相當飽滿凸顯的胸部，在搖晃的同時，變得更加引人注目。

接著，以相當鄭重且充滿魄力的喊聲，沁芷柔將心中的想法化為意念，拚命傳達至遙遠的彼方。

「加油啊，鐵拳聖女！不是都已經走到這一步了嗎！給我～～跳過去!!」

鐵拳聖女第一次前衝的勁力已經消失。

原本正要開始下落的身體，忽然有了動作。

她將手中的權杖往後一拋，然後直接借力踩在其上，直接踩出巨大的音爆聲，接著整個人像砲彈一樣快速往血紋怪魚飛去。

「颼！」

在半空中，鐵拳聖女將右手臂拉至身後極限，軀幹微微往前弓了起來，在半空中擺出一個強力的出拳姿勢。

「裁決——鐵拳!!」

接著——以意識都來不及轉動的超高速，熾熱的鐵拳爆閃，鐵拳聖女對著已經近在咫尺的血紋怪魚……揮出拳頭！

「砰！」

如同雷霆般的猛擊，就這樣狠狠打在血紋怪魚的身體正中央。原本在無名的攻擊下，一直只傷不死、無比皮粗肉厚的血紋怪魚，在鐵拳聖女的技能「裁決鐵拳」攻擊下，卻失去牠引以為傲的最大優勢。

遭受如此猛烈的毆打，有很短的一瞬間，血紋怪魚的受擊部位，出現一個凹陷極深的拳印。

再然後，是「轟！」的一聲巨響傳出，血紋怪魚就這樣徹底爆開，化為無數光點消散。

「……!!」

我們都看呆了。甚至就連身為召喚者的沁芷柔也是如此。

雖然在沁芷柔輕小說裡，鐵拳聖女確實也會「制裁鐵拳」這個絕招，但寫出來是一回事，實際看到筆下人物施展出來，又是另一回事。

在擊殺血紋怪魚的戰鬥結束後，之前被鐵拳聖女用來借力跳躍的十字權杖，這時候才旋轉著倒飛回來，深深嵌進不遠處某棟建築物裡。由此可見，戰鬥在多麼短的時間內結束，一切都在彈指間發生。

「……」

血紋怪魚退場後，首領敗亡的消息，在剩下的普通怪魚之間引起一陣騷動。

似乎是陷入兩難局面，這些怪魚猶豫過後，眼看無名與鐵拳聖女開始聯手擊殺大批同伴，終於開始集體撤退。

「……贏了？」

我有點反應不過來。

直到看見風鈴雙手合十，露出滿臉笑容對我說：「前輩，您辛苦了！」這時身體深處才開始湧現勝利的實感。

於是我忍不住呼出一口長氣。

「確實呢，我們贏了！」

走進這座城市冒險了這麼久，我們終於迎來第一場屬於自己的完全勝利。

彷彿遭受洶湧的喜悅浪潮沖刷。

又好像在辛苦的跋涉過後，躺在如棉花糖的雲端上休息。

一口氣從戰鬥中的緊張，轉換到勝利後的狂喜，我們三人情不自禁地圍成一個小圈，以手臂搭著彼此的肩膀，一邊高聲歡呼一邊大笑。

「哈哈哈，沁芷柔，妳那招也太厲害了吧？制裁鐵拳？後來那招跳過去的戰術妳是怎麼想到的？」

「嗯……嗯！風鈴也這麼覺得，芷柔好厲害！」

「對吧？我很厲害對吧？我允許你們繼續稱讚我哦，那是只有猶如獲得神之恩賜般智慧的本小姐，才能想出的策略唷！」

聽見我與風鈴的稱讚，沁芷柔下巴高高抬起，得意洋洋地對我們炫耀。

「是、是。」

這次我倒是沒有敷衍她，真心誠意地給予讚賞。

在辛苦的戰鬥過後，終於到了收穫戰利品的時候。

沼澤上已經沒有敢出現的怪魚，於是我們坐在怪獸們的身上，順利抵達正中央的地帶，寶箱就放在那邊。

這麼近的距離，我才發現原來除了上面鑲滿紅寶石之外，這個寶箱還有特殊之處，頂部箱蓋處有兩條相當粗壯，看起來像蒼白樹幹的枝條。

站在寶箱前面，沁芷柔比了比，寶箱的高度甚至微微超過她的頭頂。而且那厚實的設計，給人一種很沉重的感覺。

「哇啊，好期待喔！感覺寶箱會替我們帶來某種驚喜呢！」

沁芷柔笑得像個天真無邪的小孩，或許這也是她偏愛的特定環節吧。

「嗯嗯！」

我同意沁芷柔的說法。

「箱蓋看起來很沉重，我們派怪獸打開寶箱吧。」

我派出無名，吩咐他開啟寶箱。

無名點頭，他伸手去掀箱蓋，寶箱上卻忽然冒出系統訊息。

系統訊息：怪獸無法開啟此寶箱。

「咦？難道要我們自己來開嗎？」

令人感到意外。

但是既然系統都這麼提示了，由玩家開啟其實也無所謂。

於是我走上前，用力把箱蓋往上推送。

只是，就在我試圖用力推開箱蓋時——

「啊！」

「前輩，危險!!」

忽然，背後響起沁芷柔與風鈴的驚叫聲。

與此同時，強烈的危機感也襲上心頭。

咿呀一聲，以令人猝不及防的速度，寶箱的身上忽然睜開散發幽幽黑光的「雙眼」，箱蓋也急速打開，顯露出裡面如鯊魚般的兩排銳利牙齒。原先在箱蓋上方的蒼白枝條，變成手臂向我伸來，一把抓住我。

那是人類無法抵抗的巨大力道，而且速度好快，我完全來不及閃躲，就被抓個正著。

這隻寶箱原來是怪物！

雖然夥伴們的怪獸就在不遠處，但是寶箱怪的所有動作在眨眼間完成，連我都來不及呼喚無名前來救援，寶箱怪已經把我送入口中，銳利的牙齒甚至已經觸碰到我的衣物，眼看就要一口咬下。

「——可惡，要Game Over了嗎!?」

就在絕望的同時，風鈴的喊聲及時響起了。

「草莓布布，使用『軟化意志』!!」

雖然戰鬥力並不低，但是風鈴的召喚獸看起來就像長出手腳的草莓布丁，正因為長相太過可愛的關係，一直被眾人下意識所忽略。

也正是這隻嚴重被低估的怪獸，在此時發揮出奇效。

在風鈴喊出特殊技能「軟化意志」的瞬間，某種類似粉紅色泡泡的柔軟物質憑空出現，徹底包裹寶箱怪。

接著寶箱怪就像忽然失去腦海中的攻擊念頭那樣，停下咬人的動作，抓住我的雙手也跟著放鬆。

趁著這個機會，沁芷柔趕緊抓住我的雙腿，將我救出危險地帶。我們三人趕緊往後撤退，拉出一段安全距離。

還來不及喘口氣，我們立刻下達攻擊命令。

「無名，攻擊！」

「鐵拳聖女，攻擊！」

「草莓布布，攻擊！」

強大的攻擊如雨點般落在寶箱怪身上。

與其外表擁有的犀利攻擊力相反，這隻寶箱怪的防禦非常脆弱，每一下攻擊都能確實地打擊牠的生命值，身上不時還有寶石碎屑剝落。

而且牠不會移動，唯一的進攻手段就是揮舞著長長的手臂，抓到敵人之後送入口中，利用牙齒將其咬殺。

無名、鐵拳聖女、草莓布布的動作都相當敏捷，並且是以三對一的絕對優勢，很快寶箱怪就大大受創，進攻的動作也變得遲緩許多。

經歷五分鐘的激烈戰鬥，寶箱怪發出不甘心的呻吟聲，終於陣亡，並且消散成光點。

寶箱怪消失後，地上留下一張閃閃發光的卡片。

我們將卡片拾起。

「啊、這張是我的怪獸卡……『大英雄』。」

卡面上繪著主角的圖案，那是一個並不算太強壯的少年，他身上不停散落著火霧般的粉塵，肩膀上扛著冒火的大劍，以蕭瑟的背影示人，朝著地下城的入口默默注視。

這個少年，是我曾經寫過的輕小說《亞特留斯之劍》的男主角。

為了拯救摯愛，他尋求力量，捨棄了一切，也失去了一切，卻什麼都沒有得到。即使後來成為真正意義上的最強，依然失去了摯愛。

最後他發狂了，在悲傷的哀歌中，步向地下城，斬遍所有，殺盡一切，許下邁向破滅的願望。

在撰寫《亞特留斯之劍》這部輕小說時，與剛從塵封筆墨的兩年走出時相比，我已經進步太多太多，所以照理來說，大英雄的戰鬥力會比無名還要高。

「果然嗎……大英雄的戰鬥力是七萬九千。」

之前沁芷柔與風鈴拿到的怪獸卡片，也是許久之前撰寫的輕小說，如果幸運抽選到較近問世的作品，想必也能提升不少戰鬥力吧。

雖然剛開始被怪物君壓倒性的戰鬥力所震驚，但是，如果冷靜下來仔細審視自身，會發現情況並不是無可救藥。

……是的。

不管是我……風鈴……還是沁芷柔，怪人社的所有成員，將近一年以來的努力絕非白費。

我們變強了，一點一滴、腳踏實地地成長起來了。

因此，此刻我們才會站在這裡，背負著C高中所有人的期望，來挑戰身為王者的Y高中……以及怪物君。

所以我們不能停下腳步。

只要持續前進，希望之光就不會熄滅——再怎麼微弱的光芒，也擁有驅散黑暗的能力。終有一天，代表明天的曙光會重新升起，那閃耀的光芒，也會比以往任何時刻都更加燦爛。

接著，經過一場大戰，大家進行再次出發前的整頓。

在短暫的休息時間，沁芷柔看了看新怪獸「大英雄」，又看了看無名，像是發現了什麼，開口向我提問。

「對了，柳天雲……你是刻意這樣設定的嗎？」

「什麼？」

「你的怪獸呀！他們都是你輕小說筆下的主角吧，你不覺得他們有個共通點嗎？」

我轉身打量大英雄與無名，沒看出什麼端倪。一個用法術轟擊，一個則掄起大劍砍人，似乎差異頗大。

沁芷柔露出有點猶豫的表情，平常爽朗過了頭，想到什麼就講什麼的她，不知為何，忽然有了顧慮。

「他們……都長得跟你很像。」

我一愣。

再轉頭仔細詳視，無名隱藏在魔導師風帽底下的臉孔，真的跟我有點像。

另一邊，大英雄就跟我更像了，如果去除掉他臉上因戰火而產生的疤痕，至少與我有八成相似。

視線停在大英雄的身上時，他也向我看來。我們就連瞳孔的顏色都一模一樣。

「對了……現在C高中校園裡……也有些人稱我為『大英雄』……」

「跟長相一樣……都是巧合……嗎？」

我並沒有對怪人社成員之外的學生，透露過《亞特留斯之劍》這部輕小說的內容，不知為何，想到這種巧合性，我有種窒息感產生。

在描寫這些主角的外貌時，我並沒有刻意參照自身的長相，照理來說他們不會長得像我才對。

沁芷柔筆下的主角，也長得並不像她。

「……」

這些怪獸並不會說話，但是大英雄眼神裡蘊含的那種無盡的悲哀，卻讓我感到莫名熟悉。

是了……他斬遍所有，殺盡一切……卻什麼也沒有得到，難怪會感到悲哀。

但是，為什麼我會感到熟悉呢？

為了探尋這種莫名出現的熟悉感，我開始努力思索。

那是彷彿要翻遍腦袋瓜般的思考難度，不管怎麼想，現實生活中我也沒有看過類似的眼神。

「還是說……不是現實中……」

「如果歲月要阻斷我們相見，我就扭正這歲月……」

「若是命運要斬斷這羈絆，我就撕開這命運……」

五指戟張向著蒼天——向著比蒼天更高的地方!!少年全力以赴、發出負傷野獸般的掙扎吼聲。

「就算是天要妳死，我也會把妳奪回來——!!」

帶著怪獸勇闖輕小說友誼賽

——!!

「……」

閃過腦海的某種血紅色畫面，讓我感到頭痛欲裂。

但是再要回想時，腦海的某種保護機制卻霍地浮現，阻止我繼續深思。

又來了嗎？這種情況。

只能深深吸氣平穩呼吸，試圖把奇怪的感覺甩出腦海，接著裝作若無其事起身。

「我們走吧。」

繼續往前。

建築物越來越稀疏，遠處代表魔王所在的神殿已經遙遙在望。

根據目測，似乎再穿過一片樹林後，就可以抵達神殿附近的樣子。

帶著新增添的怪獸「大英雄」，我們一起踏進樹林。

「啊，周圍這些樹都在……發光？好漂亮！」

風鈴驚訝地道。

「嗯。」

我點頭。

確實如風鈴所說，周圍這片樹林看起來的模樣……很特殊。

擁有高大的樹身，平滑的表面與茂盛的枝葉，葉子則是橢圓的形狀。最大的重點是……每一棵樹都散發出微光，這一整片森林裡所有的樹相加起來，頓時組合出一片柔和的光芒。

而且這些光芒並不是射向固定方向，而是如流水那樣緩慢在移動，給人捉摸不定的夢幻氣息。

「流光森林嗎……總覺得聽起來有種久遠感呢。」

「對對，這個比喻好貼切！」

我只是隨口說說而已，沒想到沁芷柔贊成地拍拍我的後背。

在流光森林裡，並不像之前的沼澤那樣詭異充滿危機，許多如兔子、貓咪、松鼠般的無害動物時而出沒。牠們並不害怕我們，常常上來好奇地嗅嗅我們的味道，像是想記住新朋友。

在森林裡穿梭許久，靜謐的氛圍也讓我們漸漸沉默下來。那並不是因緊張導致無法言語，而是心靈沉澱下來之後的安靜與祥和。

「那個……」

忽然，我們停下腳步。

因為前方出現許多白色的馬，牠們似乎是一個族群，體型都並不大，還是成長中的可愛小傢伙。

「不……這些好像不是馬？」

我再仔細看清楚，這些動物脖子旁邊有漂亮的鬃毛，而且頭上……長著螺旋紋狀的獨角？

「好可愛喔，是獨角獸嗎？」

風鈴看到這些動物，友善地笑了起來。

「啊啊……看來是呢。」

沁芷柔附和。

這些獨角獸彎下頸項，一邊吃著地上的青草，同時慢慢接近我們。

有兩頭獨角獸走到風鈴與沁芷柔的腳邊，以頭顱磨蹭著她們的腿部，示意討好。

這時我想起書上看過的，關於獨角獸的記載。

「據說獨角獸喜歡純潔的處女，對男性的話……似乎就不是那麼友好。」

果然，那些獨角獸雖然數量不少，但是幾乎都圍繞在兩名少女身旁，沒有一匹肯接近我。

「差別待遇真大啊……這些色馬。」

我忍不住小小聲地發出抱怨。

風鈴與沁芷柔跟獨角獸玩了一下子，這時沁芷柔忽然盯著我看，並且拋出一個問題。

「對了，如果雛雪那傢伙在這裡的話，這些獨角獸會不會立刻跑遠呀？」

「？」

我本來以為沁芷柔只是在開玩笑，沒想到她的視線始終黏在我身上，似乎在等待我的答覆。

「呃……妳在等我回答？」

「廢、廢話！你們不是常常待在一起嗎？雛雪不是總是說：『欸？如果是學長的話～雛雪隨時能做好被夜襲的心理建設唷～～!!嘻嘻。』這種話嗎!!」

以理直氣壯的態度，沁芷柔把我的問話堵回去。

我怎麼會知道呢…………真是蠻不講理。

雛雪平常看起來是安靜的少女，但實際是個擁有五十歲變態大叔靈魂，喜歡色色言論與性騷擾的傢伙……但就算是這樣，這些獨角獸應該也不會討厭她吧。

盯～～

在腦中做出大概的猜測後，我對還在盯著我看的沁芷柔告知答案。

「……我想不會討厭。獨角獸應該也會喜歡雛雪的。」

「嗯、嗯嗯，是這樣嗎，那就好。」

不知道為什麼，沁芷柔明顯鬆了口氣。

喂喂……妳這傢伙也太奇怪了吧。

「……」

先不提沁芷柔的怪怪疑問。

經過一段時間的相處後，獨角獸們竟然與兩名少女變成了朋友。

似乎是捨不得與新朋友分離，那些獨角獸在我們要前進時，忽然咬住少女們的衣角，開始嘶鳴起來。

「啊……前輩，這些獨角獸似乎想表示，牠們可以載我們一程，穿過這片森林。」

善解人意，對動物也有相當瞭解的風鈴，首先理解獨角獸們的意思。連動物語言都能大概明白，這大概就是傳說中的心靈溝通吧。

有兩匹獨角獸分別載起了風鈴與沁芷柔，剩下的獨角獸猶豫地看向我，最後在風鈴的懇求下，終於有一匹像是猜拳輸掉一樣覺得倒楣、鼻孔噴著氣的獨角獸走過來，勉為其難地馱起我。

「那麼──要走囉!!」

高舉著手臂，興高采烈的沁芷柔首先騎著獨角獸前進。

我們一行人連成了長長的馬隊，召喚出來的怪獸們則跟在後面奔跑，形成相當有趣的景象。

勁風從耳邊不斷竄過，腳下與地面不斷呈現高低起伏而震動，真是新鮮的感受。

「說起來，這還是第一次騎在動物上呢。」

別說獨角獸了，我連馬或牛都沒騎過。在現代文明中長大的孩子，總是會比純樸的鄉村小孩少掉一些體驗。

在獨角獸放開四蹄的奔馳中，享受著森林裡特有的新鮮空氣，四周的景色不斷快速後退，我的心思不禁也跟著飛馳。

經過了十五分鐘左右，對地形極為熟悉的獨角獸，即將把我們帶出森林。面前的樹木逐漸變得稀疏，已經可以看見其他區塊的植被與矮樹叢。

雖然森林裡沒有任何危險，但是如果不騎乘獨角獸，光是步行就要花上兩、三個小時吧。

終於，在森林與其他地區的邊界處，我們與獨角獸們道別。

「謝謝！」

「謝謝你們！」

風鈴與沁芷柔親熱地與獨角獸們道別。

我則是對剛剛把我甩下馬背的獨角獸聳聳肩，牠仰起鼻孔回以噴氣。

接著我們轉過身，看向已經近在不遠處的神殿。

距離大概還剩五百公尺吧，已經能依稀看清神殿的輪廓。果然這種距離看來，原本就顯得氣勢恢宏的神殿，變得更加雄偉。

只是，從整潔的神殿外圍，一直延伸到與森林的交界處，卻全被金黃色的芒草給包圍。這些芒草約有膝蓋高，由於遍地都是，已經看不見土壤原本的顏色。

如同草原般的芒草荒野嗎……

也就是說，我們必須穿過這裡，才能抵達神殿的外圍。

確認身後的怪獸全部都有跟上，我們開始前進。

然而。

然而……剛走出幾步路，我們所有人就停下了腳步。

「……」

原因無他。

有一個人。

有一個全身穿著武將鎧甲的人類成年男子，此刻靜靜站在遠處的芒草堆中。他一言不發，隔著數百公尺與我們相望，氣質平靜中帶著些許蕭瑟，更有股……彷彿與整片芒草原融為一體的自然感。

他的鎧甲相當陳舊，上面充滿坑洞與刀痕，甚至肩膀處的板甲都崩掉了一小塊。他那硬鐵頭盔上所雕塑的，如牛角般昂立於天地的飾角，也似乎遭受多次修補，但是卻無損整體給人的剛硬感。

看著我們，他緩緩抽出腰間的武士刀。

那武士刀上，流竄著無盡的電光。

……戰火。

如同從無邊無際的戰火中所踏出，這個男人……明明並沒有刻意宣揚自己的強大，態度暫時也相當平和。但是……那一對強者睥睨天下的雙眼，卻無法掩藏起他心中的傲氣……與那身體深處，彷彿隨時會燃燒起來般，經過千百次血戰後所培養出的強者之火！

強大。

在這場友誼賽開始後，至今從未遭遇過的強大！

恐怕即使是剛開始碰見的巨龍……巨人，又或是夜梟以及烏鴉天狗之類，那些擁有超級Ｂｏｓｓ氣場的敵人，也會輕易被眼前這個武將給斬殺。

……我有種直覺。

如果將整片芒草原比喻成一個方方正正的正方形，那麼，此刻這名武將，必定就站在整片芒草原的中心點。

那並非刻意，更不是湊巧，而是更接近「這個男人喜歡這樣的作戰環境」這樣的單純緣由，所以即使芒草原不適合誕生，也必須誕生，僅此而已。

「！」

此時，尚在遙遠處的那名武將，有了輕微的動作。

他將左手食中兩指併攏，輕輕從刀身的平面處滑過，由下而上，自緩而快，最後指尖與刀尖，凝立而對。

接著他開口說話。

他的聲音明明不大，卻清晰地隨著風吹伏低的芒草，清晰地傳了過來。

「此刀……名為雷切。於此地，斬無盡，破萬軍，敵千將，殺百帥，除十侯。」

那名武將，看向我們的雙眼，平靜到堪稱可怕。彷彿有可能立刻會發生的慘烈廝殺，對他而言就像微風拂面般自然。

他將「雷切」輕輕往我們舉起，刀尖指向我們，但眼睛卻看向地下的芒草。

「你們腳下這些芒草，每一根，都是一條人命所化。但是，他們沒有一人死得冤枉，死得有所不服。」

接著，他的視線緩慢地從芒草上抬起，帶著濃烈的戰意，與我們冷然對視。

「──因為，我每一次揮刀，每一次斬殺，都是充滿對於敵人的尊敬，充滿對於『武士』能捨命作戰的信仰。刀下所斬之魂，沒有一人不是經過堂堂正正決戰所殺，所敗。

「此說，你們可能理解？」

我沉默。

沁芷柔與風鈴也沉默。

如果按照規則所說，輕小說原作程度越好，怪獸戰鬥力也越高，同時智慧也越高的話……眼前這名神祕武將的戰鬥力恐怕高到不可思議。

而且他守在最重要的神殿前，很有可能就是最後一道關卡，也等於……這個世界中的「最強」。

武將盯著我們看了良久，忽然，他嘆了一口氣。

「果然嗎……你們太弱，弱過頭了。我的戰鬥力是二十五萬，出盡全力的話，殺你們所有人，只須一刀。」

「只是，堂堂正正地對決，一向是我人生的座右銘。」

他想了想。

「不如這麼辦吧，你們一次派出一名麾下怪獸，與我單挑對決。」

「我會把戰鬥力壓制到與那隻怪獸相同水準，雙方不拚戰力，但憑技藝，一決生死……」

「……這樣如何？」

他放緩了語氣，徵求我們的同意。

徵求同意，也就是說，我們可以拒絕。

但是，從夥伴們的表情上可以觀察出：包含我在內，沒有人懷疑這名武將的話語真實性。

因為對於如此強者，任何謊言都是多餘。

於是我們三個點點頭，表示接受。

見狀，那武將卻笑了。

「很好。

「記住，吾名為雷神，是即將斬殺汝等之人。」

他朝我們邁出第一步。

那步伐似慢實快，僅僅是一步，就跨到我們前方二十公尺處。雙方本來離著數百公尺，這武將才一動身，就表露出猶如凝縮空間的驚人本領。

「那麼……」

名為雷神的武將注視著我們。在這個距離，可以看清他鎧甲下那堅毅的臉部線條。

「認真地……一決勝負吧！」

「……」

有一件事，本來纏繞在我心中揮之不去，那就是：為什麼流光森林中沒有敵人？

現在我終於瞭解為什麼。

這個名為雷神的武將，實在太強。強到已經不需要手下的輔佐，單憑一人就能守住這片金黃的芒草原。

正如他先前所說：「於此地……斬無盡，破萬軍，敵千將，殺百帥，除十侯。」

雷神已經說得很清楚了，敵人來多少，他殺多少，事情就是這麼簡單而純粹。

因為他的實力已經突破數量堆積起來，所能超越的「質量」，所以仰賴人海戰術，是完全行不通的。

換句話說，雷神所提出的「堂堂正正地對決」，主動把戰鬥力降低到與我方怪獸相等，再進行單挑，這反而是我方唯一的勝算。

……這傢伙的行事風格跟怪物君好像，都是給予弱者近乎同情的憐憫。

不過也難怪，畢竟他是怪物君筆下輕小說創造出的角色。

「那麼，我們要先派出誰？」

大家聚在一起討論要先派誰的怪獸出場。武將雷神也非常有風度，靜靜站著，等待我方怪獸前進。

「……我先來好了。」

沁芷柔自告奮勇。

鐵拳聖女的特殊能力是「一次性攻擊力可以變成五倍」，這對普通怪獸或許很有效，但是遇上攻擊力高達二十五萬的武將雷神，因為基礎攻擊力差距太大，反而變成毫無用處的技能。

但是鐵拳聖女似乎本身的格鬥技巧頗為卓越，應該可以試探出敵方不少底細，所以首先上場是不錯的選擇。

經過眾人一致認同後，鐵拳聖女獨自留下，其他人退出了芒草原的覆蓋範圍，站在森林的邊圍觀戰。

「第一道刀下亡魂……就是妳嗎？」

雷神看了看鐵拳聖女，身上的氣勢忽然迅速削弱下去，乍然感應起來，好像跟鐵拳聖女差不多強。

……真的遵守約定了，雷神只使用與對方差不多的戰鬥力。

「那麼，認真地……一決勝負吧！」

雷神將武士刀「雷切」以雙手互持，高舉過頭，上段刀的架勢驟然而出。

鐵拳聖女則以左手五指轉動手中的十字權杖，因為旋轉速度實在太快，看上去權杖變成了一團白色漩渦，四周的芒草也被勁風「呼呼」地帶動。在耍完架勢後，鐵拳聖女將十字權杖重重往地上一頓，毫不畏懼地面向雷神。

「……!!」

「上啊，鐵拳聖女！」

沁芷柔的加油聲，從森林外圍傳達至戰場的正中心。

或許是聽見了召喚者的聲音，鐵拳聖女的戰意瞬間昂揚，「砰」的一聲悶響，在地上踩出一個深坑後，藉著加速度，如砲彈般往武將雷神衝去！

雷神依舊維持著上段刀的架勢，肌肉似鬆非鬆，全身上下凝立不動。

但是，在鐵拳聖女有所行動的瞬間，他的眼神變得更冷了。那是如萬年玄冰般，足以凍結萬物的冷冽眼神。

「……」

一武將，一聖女，兩人之間的距離不斷縮短，眼看就要短兵相接。

忽然！

雙足在地下連點，不斷前進，前衝速度越來越快的鐵拳聖女，腳下突然炸開一個深坑。

如同爆炸般的力量，帶著鐵拳聖女往後倒飛出去，落地時，已經身處比起點更加遙遠的位置。

「被、被斬中了？」

風鈴非常緊張。

「不，好像沒有……雷神應該沒有揮刀吧？他不是始終保持著上段刀的架勢嗎？」

我其實只能看見鐵拳聖女的模糊殘影，所以不太確定。

「……」

動態視力是我們三人裡最好的沁芷柔，她先是陷入了震驚中，接著才回過神來，對我們解釋：

「鐵拳聖女是自己後躍的。」

我跟風鈴都是一驚，一起開口道：

「自己後躍的？什麼意思？」

沁芷柔沉默片刻，像是在回思剛剛的情景，終於開口回答：

「在快要進入武士刀的攻擊範圍前，鐵拳聖女大概是感應到了什麼，或者說……

『提前猜測到了什麼』，所以才勉強自己往反方向施加作用力，藉著在地上踏出一個深坑，進行緊急迴避。」

我不解。

提前進行緊急迴避？為什麼呢？不是還沒進入對方的攻擊範圍嗎？

就在此時，場上遠比我們更加瞭解情況的兩名對戰者，遙遙望著對方，一時都沒有繼續進攻。

雷神露出微笑。這是雙方會面以來，他露出的第一個笑容。

——只給予強者的笑容。

「……果然，妳『看見』了吧？」

說話的同時，雷神依舊維持上段刀的架勢，不見半點鬆懈。

「……」

鐵拳聖女沉默。

「僅僅是一絲殺意洩出，就被妳察覺了。在交手的前一刻，透過武者的本能，妳看見了……我即將斬殺妳的未來。」

雷神靜靜地說。

「權杖攻來，被我以刀身撥開，再將妳身軀一刀兩斷。

「拳頭打來，被我反斬手臂，再將妳身軀一刀兩斷。

「以腳踢來，被我以刀柄處格擋，再將妳身軀一刀兩斷。

「三種死法，妳都預先看見了，所以妳退了，很明智的選擇。」

雷神說話時，不帶一絲誇耀意味。大概這些對他而言，這並不是虛張聲勢，只是將發生而未發生的事。

這時候，他原本一直保持著的上段刀架勢，忽然慢慢放下，恢復普通狀態下的站姿。

雷神並沒有立刻斬人的意思，他接著只是輕輕鬆鬆向前走了一步。

但就是這一步前進，也逼得鐵拳聖女跟著退了一步，兩者之間的距離竟然沒有縮短。

「料敵機先，看穿對手一切對策，並予以痛擊——此乃『先之先』。

「後發先制，以凌駕一切的刀法，造就千錘百鍊之極致——此乃『後之先』。」

雷神在說話的同時，緩步行走，一步進，步步進。

而鐵拳聖女緊捏著手中的十字權杖，一步退，步步退。

「吾三歲練體，五歲練刀，十歲練心，十五歲成就天人合一之境，十七歲悟先之先，二十歲後悟後之先！二十五歲後，從此……刀出如風，吾即是刀，刀即是吾，不再有所區別。

「刀，一旦練到了這個地步，已經再沒有合適的稱呼，可以區別境界。」

雷神淡淡開口。

他始終在前進，現在已經把鐵拳聖女逼到芒草原的邊緣處。

「而我現在四十歲。」

「如果，硬要將我現在的境界，冠上一個形容……大概，只是勉強能夠。」

他手中的刀，原先刀身上就有雷電遊走纏繞。只是，在他思索自己此時「得用什麼稱呼來形容境界」時，雷電忽然大盛，甚至隱隱有雷龍的吼聲從刀身傳出。

「有了，吾想到了。勉強合適的境界稱呼。」

雷神忽然又笑了。

他雙手持刀，重新將雷電瘋狂蔓延遊走的「雷切」高舉過頭，擺出上段刀的架勢。

那上段刀架勢越舉越高……越舉越高，在舉到極限高度的那一刻，天空中雷聲暴響，無數道強烈的電光被吸引而來，一口氣落在「雷切」的尖端上，並且傳導到雷神的全身。

「我乃……」

在這一刻，全身受到金色閃電包裹的雷神，真的有如傳說中的神祇臨世。

「武之極。」

如果像搞笑漫畫那樣，反派會「哎呀觸電了」一聲大叫，然後直接倒地，那一切就能圓滿結束。

但眼前的情況恰好相反。

武將雷神，持著名刀「雷切」，由刀至人，全身上下充斥著跳躍的雷電，氣勢飽滿到完全不遜於之前戰鬥力尚未下滑，還是「二十五萬的戰鬥力」時的自己。

……雷神確實放水了，將自己的戰鬥力壓抑到與鐵拳聖女同等水平。

但是，憑藉著神而明之的技藝，在領悟了「先之先」，以及「後之先」，直至武之極境界的雷神……光是他的存在本身，就已經是破格的存在。

伸手一招就能引來雷電。

引來雷電加諸己身，鑄就無敵之力。

原本只能環繞在名刀「雷切」身上的雷電，由於雷神已臻人刀合一之境，所以雷電也成為了雷神身體的一部分，徹底成為雷電的化身。

「吾乃……雷神！」

最後，雷神始終高舉的上段刀架勢終於斬下。

明明離鐵拳聖女還有一大段距離，但他還是斬下去了。

「轟雷鳴電斬！」

雷神喊出了招式名。他究竟是不是一時興起地賦予名號，沒有人瞭解……所謂的旁觀者，唯一能夠瞭解的，就是那道暴烈到無以復加的電光——形成了類似上弦月的弧狀，然後以根本不可能躲開的超高速度，朝著鐵拳聖女飛斬而去。

「……!!」

鐵拳聖女瞪大雙眼。

即使只是晶星人系統虛擬出來的人工智慧，但我依舊從她的瞳孔深處，讀出濃厚的恐懼。

猶如想要垂死掙扎那樣，鐵拳聖女拋開了十字權杖，用自己最為信賴的拳頭——使出了攻擊力增加五倍的能力之後，狠狠向轟雷鳴電斬迎去。

「鐵拳聖女！加油啊，不可以輸!!」

沁芷柔像是要喊啞喉嚨那樣大叫，她眼角都已經帶上淚光。

滋滋。

滋滋——

鐵拳與轟雷鳴電斬接觸後，僵持極短的瞬間，強大的電流瘋狂灌入鐵拳聖女的身體，發出難聽的異響。

接著……轟然爆炸！

兩記絕強招式碰撞的中心點，引起了巨大的爆炸！

「……」

強烈電光與爆炸引起的風壓，幾乎讓我張不開眼，但我還是將手臂擋在面前，努力睜大眼睛，試圖將這場對決見證到最後。

過了許久，狂風與雷電相繼消去。

出現在我們眼前的是一個恐怖的深坑，那裡已經看不見半點鐵拳聖女的身影，唯一還留存的，只有怪獸在消散時所留下的點點光芒。

沁芷柔手上原本握著的「鐵拳聖女」召喚卡，也跟著化為光芒消散。

「可惡啊！」

沁芷柔懊惱地頓足，聲音中充滿不甘與氣憤。

既然鐵拳聖女已經敗退，剩下的怪獸就只有風鈴的「草莓布布」，還有我的「無名」以及「大英雄」。

乍看之下依舊是三對一的車輪戰，但實際上卻不是這麼回事。

剛剛雷神擊敗鐵拳聖女，只用了一刀，精力根本沒有消耗的跡象。

很有可能，再來三隻怪獸也只是三刀的事而已。

「那個……前輩。」

風鈴緊張地將雙手按在胸前。

「接下來換風鈴上場吧？風鈴的怪獸有特殊能力，說不定有一點勝算。」

聽到風鈴提醒，我忽然燃起一線希望。

沒錯！草莓布布擁有讓對方失去戰意的特殊能力，在面對沼澤怪魚的時候，因為敵人太多，所以沒辦法發揮太好的效果，但是現在敵人只有一個呀！

甚至可以說，現在正是草莓布布展現自身的最佳舞臺！

「……好。」

於是我點頭同意。

在風鈴的呼喚下，看起來像長出手腳的布丁的草莓布布，搖搖晃晃地向雷神走去。

「嗯？」

雷神皺起眉頭。

「這就是吾下一個對手？」

雖然嘴巴上嫌棄，但他還是配合草莓布布，將自身的基礎戰力，調整到與對方差不多。

前一個對手至少還是精擅體術的高手，現在對上草莓布布，雷神很明顯就興趣缺缺，甚至連話都懶得多說。

他只再次舉刀召集雷電，擺出上段刀架勢，並且氣勢恢宏地一刀斬下。

「武之極流——神鳴雷電……」

他招式名才剛剛喊到一半，風鈴也跟著喊出對草莓布布的命令。

「草莓布布，使用特殊能力，『軟化意志』！」

「嗶——咔——!!」

收到命令的草莓布布發出可愛的啼聲，製造出一團粉紅色的泡泡，那泡泡竟然直接作用於對手身上，雷神瞬間被包裹在其中。

之前我也看過草莓布布的能力，甚至還被拯救過一次。

寶箱怪不惜放棄移動能力，對自身進行偽裝，只為了進行這麼一次出人意表的襲擊；但遭到「軟化意志」的影響，差點咬殺我的兩排利齒，就這麼停止了動作。

我們當時就此逆轉戰局，順利斬殺寶箱怪。

——而現在，軟化意志也擊中了雷神！

「……」

但是。

「武之極流——神鳴雷電……」

「——斬!!」

這怎麼可能！

透過粉紅色泡泡看來，雷神原先即將劈下的刀勢，竟然沒有半點衰竭的跡象。

隨著他刀身斬落，九條氣焰張狂的雷龍咆哮而出，像龍捲風一樣急速旋轉前進。

這一斬……砍開了「軟化意志」所製造的粉紅色泡泡。

這一斬……擊殺了還來不及反應過來的粉紅布布。

這一斬——同時也滅絕了我們第二戰的希望!!

雷神把刀身橫立，鋒面朝向我們，一字一頓，將心中所想朗聲而出。

「我……除了所效忠的主公，可以說是無所不斬。

「甚至，我連自己也斬。

「早在十歲那年，我就已經斬斷自己所有的膽怯與懦弱，並將一生奉獻給名刀『雷切』。

「我早已說過，我即是刀，刀即是我。你們可曾見過一把刀……向敵人示以軟弱？

「見即斬，斬即殺，對於我來說，萬物皆是如此……

「沒有例外！」

維持著全身雷電狂竄的狀態，他連說話時，芒草原上都迴響著嗡然電音。身上那完全無法掩飾的刀意，就連單純說話，也帶著震懾人心的霸氣。

那是單憑氣勢，就足以令怯弱者心膽俱寒的強大。

……

見狀，我卻忍不住笑了。

五指戟張，按著臉大笑，笑聲遙遙傳到了芒草原上。

「哼哼哼……哈哈哈哈哈哈……哈哈哈哈哈哈哈……厲害，你真是太厲害了！」

我由衷地佩服對方，但還是忍不住想笑，越笑越是歡暢，

「像你這種強者……如果不與怪物君對決，不管進行多少次模擬戰，都沒辦法碰見吧。

「所以呢，能在這裡遇見你，能與如此強者進行公平對決，真的是太美妙了。

「不過，武將雷神，我有一個問題想問你。」

我略微一頓，接著向雷神拋出疑問。

「你是怪物君手下最強的怪獸嗎？或者我該這麼問，創造出你的那本原作品，是怪物君所寫出的，分數最高的輕小說嗎？」

雷神微笑。

接著他點頭，言簡意賅地進行回覆。

「是。」

……

得到確定的答案後，我卻忍不住又想笑。

是嗎——是嗎——原來如此嗎？這豈不是太好了嗎——

「也就是說，武將雷神……你代表的不止是你自己，也代表怪物君的強大。

「你有多強，怪物君就有多強。

「所以……真的是太好了。」

帶著冷然的沉默，雷神盯著我看，陷入沉默。

我把話繼續說了下去：

「一直以來，我們都看不見怪物君的極限。就像深不可測、幽不可見的大海那樣，怪物君不管在什麼情況下，永遠都能發揮更好的水準，使出更強的實力。

「但是，現在我們已經能看見怪物君的極限——也就是你，雷神！」

雷神的瞳孔逐漸凝縮。

他開口道：

「柳天雲，你究竟想說什麼？」

他知道我的名字。

明明只是怪獸，卻知曉我的名諱。

我的笑聲在此時漸漸止歇。

拿出與對方的戰意所同等的鄭重意念，我慢慢將心聲傳達而出。

「所以說……」

略微一頓。

「只要打倒你，也就等於打倒怪物君了。」

「……」

武將雷神先是沉默。

他手握的名刀「雷切」，刀身上電光爆燃，變得比之前更加明亮。

接著，雷神也笑了。

「我等於主公的實力極限，那又如何？

「於這場決戰中，從你們所謂的『輕小說』中化身而出，接到守衛此地的命令後——我曾向主公起誓，也向名刀『雷切』起誓，要斬盡所有，將所有落敗的可能性一起斬落。

「坦白告訴你們吧，越過這片芒草原，在那寬廣的神殿內，主公就在裡面。別看後面的神殿氣派非凡，占地廣大，裡面卻連一隻弱小的守衛怪獸都沒有，你們知道這是為什麼嗎？」

「——因為我!!

空出一隻左手，雷神以手掌在自己的胸口重重一拍，臉上的笑容卻依舊維持。

「只要我站在這裡，就再沒有一人，一事，一物可以越過我的刀，到達主公面前。

「我不只是雷神的化身，也是勝利的化身……所以我一路斬來，斬千萬，也化千萬，以他人的落敗做為柴薪，燃起那永世不滅的勝利之火！

「你……明白了嗎！柳天雲！」

他向我問話的時候，直勾勾地盯著我看。

那對彷彿要隨著雷電燃起火焰的雙眸，充滿驚人的壓迫感。

對於這個前所未見的強敵，我點點頭，又搖搖頭。

「明白了，但也不明白。」

雷神哼了哼，問道：

「你明白了什麼，又不明白什麼？」

我回答：

「我柳天雲，明白的是……你與怪物君的強大，你們的傲氣，還有你們對於勝利的決心。

「不明白的，則是你們對於原則的堅持。」

雷神一怔。

「原則的堅持？」

他重複我的說話。

我深深吸了一口氣，藉此獲得接續對話更多的氧氣。

「在過去塵封筆墨，不再寫作的兩年之間，我的實力下滑了太多，也錯過太多進步的可能性……所以現在，我不會是怪物君的對手。

「你卻堅持公平對決，把戰鬥力壓縮至與對方同等。

「你的這點，大概是受到了怪物君的影響。正因為強，所以傲……也正因為這份傲，有了不能落敗的堅持，才能一路變強到今天。

「而現在……這場戰鬥，並不是單純的怪獸戰鬥力對決。

「你們的實力來自輕小說原作，換句話說，在本質上，這其實也是我與怪物君的……輕小說對決。

「所以我不會輸。」

……

說到這裡，我看見雷神的眉頭挑起。

接著，我把最後的話說完。

「因為……」

我一頓。

「如果建立在公平的原則上，在不能退縮的寫作對決裡，我不會輸給任何人。」

「前輩……」

「柳天雲……」

風鈴與沁芷柔都望著我，輕輕呼喚我的名字。

我則是沉默。

「……」

再怎麼樣的寫作天才，也有遭到挫折的時候。

以前的我曾經敗過，而且不止一次。

校內排名賽曾輸給風鈴以及沁芷柔，也在社團練習時被輝夜姬的實力震驚，就連與棋聖的對決中，我也沒能拿下勝利。

在晶星人降臨後，我從兩年間的塵封中走出，從一無所有的敗者，成為擁有眾多夥伴、校園裡聲名大噪的英雄，兩者之間的時間跨度，經歷了太多太多。

我已經不再是獨自一人。

已經不再是純粹的獨行俠。

比起先前在封筆時期時，那個整天只會自怨自艾的我……現在的我，必須背負太多東西，所以我不能輸。

所以我必須努力取回當年的實力，變得比以前更強……更強……強到沒有人可以打倒我為止，這樣我才能守護現在擁有的一切，守護這種幾乎令人感到暈眩的幸福感。

而且，我的強，必須有其意義性。

或許我的天性非常適合走獨行俠之道，走這條路的話，我會比現在更厲害……但是那種強，只是空洞寂寥、目空一切的強，能守護C高中……可以守護怪人社的，絕非這種強大。

「……」

初次見到怪物君時，我就已經親眼見證到他的厲害。

一路走來，且走且戰，我已經對怪物君的實力有了瞭解。再綜合輝夜姬對雙方的評價，就算我恢復顛峰時期的實力，也很有可能不會是怪物君的對手，更別說實力大幅滑落後的現在。

但是，現在的我雖然實力不如當年，在寫作上的意志力、對於取勝的決心，卻遠超往昔。

「贏。不能輸。得贏。要拿下這場勝利。要追上去。要更努力。我要贏。必須勝利——」

過去無數的努力，在怪人社中所獲得的寶貴記憶，全都化為一個個勝利的理由，在我的腦海中循環迴盪……迴盪，最後全部融而為一，昇華為強大的獲勝信念。

正因為懷抱著如此信念，所以在面對強大無比的雷神時，面對對方所提出的「公平對決」，我才會說出如此話語。

「如果建立在公平的原則上，在不能退縮的寫作對決裡，我不會輸給任何人。」

是的，現在的我，不會輸給任何人。

滋滋滋、滋滋滋滋滋滋——

「雷切」依舊發出電流竄過時的異響，周遭偶爾有風拂過，在偌大的芒草原上，一時只聞雷電聲與風聲。

實在太安靜了。

「你剛剛說，你……不會輸給任何人？」

雷神盯著我看，他一甩手中的刀，如是說。

「是。」

如同他先前的簡潔發言，我也只回以一字。

「不會輸的對象裡，包括我？」

雷神又問。

「是。」

我再次回答。

「……哈。」

雷神忽然笑了，並且越笑越是誇張，最後笑得彎下腰。

「哈哈哈哈……哈哈哈哈哈哈……哈哈哈哈哈哈——」

一邊笑，他一邊鼓掌。為了空出手來鼓掌，他甚至把雷切短暫歸回腰間的刀鞘內。

我們三人靜靜站著，看著他笑。

過了許久，雷神像是笑夠了，所有笑意漸漸被收進臉上的肌肉線條裡，然後表情變得嚴肅。

「柳天雲，不管你有多強，我如果真的想擊敗你，使盡全力出手，只需一刀。」

話聲剛落，雷神忽然將左手搭在刀鞘上，而右手搭在「雷切」的刀柄上，並且身體微微前傾，低頭擺出弓箭步。

——那是居合斬的架勢！

在這一瞬間，雷神身上的氣勢瘋狂暴漲，天空上的雲層急速湧動，竟然有無數雷電開始匯集。那雷電數量實在太多，像無數細流匯集成小河、小河匯集成大河、大河在終點處又紛紛集合，形成一個從超高處落下的驚天瀑布那樣——一整道寬闊到嚇人、無比龐大的「雷電瀑布」就這麼從天而降，集中到雷神的身上。

遠遠看去，雷神已經完全看不清身形，完全是一團巨大雷電的集合體。

「千之雷・憑神斬魔破！」

伴隨著出招時的狂吼聲，朝著遠處的山脈，雷神將刀鞘中的「雷切」拔出，全力揮出居合斬。

砰轟轟轟轟！

隨著震天巨響，一道由雷電形成的巨大斬擊飛出，遠處有一座高大的山脈，瞬間被雷電斬擊從中劈成兩半，一座山脈從此變成了兩座。而且那巨大的斬擊，在斷開山脈之後沒有半點衰弱的徵兆，繼續前飛，又轟開了四座大小不一的山脈，這才終於消失。

雷神周遭的閃電太過耀眼，已經看不清人形，從那無盡電光裡，再次傳出雷神的聲音。

「明白了嗎……我如果不堅持公平對決，全力出手，你必敗無疑。」

雷神這麼說。

「但是你不會。」

我回答。

「何以見得，我不會？」

雷神問。

「因為你是雷神，是最能代表怪物君的存在。你傲，所以強。」

我再次回答。

「……」

比之前任何時候都更加突然，原本氣勢暴漲到讓人喘不過氣的雷神，身周的電光忽然消散了。

他閉上雙眼，轉過身，緩緩往回走去，重新站到芒草原的中心點。

再次面對我們時，他已經將雷切握在右手中，刀刃朝上，往前微微鞠躬，朝我們行了一個武士禮。

「很好的答案。」

他的臉上，首次露出帶著善意的微笑。

那是意氣相投者在彼此心意相通時，因為對方表現出常人難有的理解……所露出的微笑。

但是，笑歸笑，在執完武士禮後，他再次將「雷切」平舉而起，以刀尖對準我。

「那麼，來戰吧。」

面對這樣的敵人，也必須給予最大的尊敬。

鐵拳聖女以及草莓布布都已經敗退，現在我方剩下的怪獸，就只剩下無名以及大英雄。

我只考慮了短短一秒，就決定派出大英雄。因為兩部輕小說比起來，《亞特留斯之劍》是我發揮得更好的作品。

於是我將視線放在大英雄身上。

「那麼……拜託你了，大英雄。」

大英雄用那對與我無比相似的雙眼，看了我一眼，輕輕頷首。

「……」

接著，扛著冒火的大劍，大英雄從觀眾所站的安全區域，踏到了芒草原上。

彷彿知道要面臨前所未有的強敵，大英雄身上散發的火霧粉塵，也比往常都更加明亮耀眼。

「那是……腳印？火焰腳印？」

沁芷柔望著大英雄的背影，驚訝地說道。

沒錯。

大英雄所走過的地方，每一步……都留下了燃燒中的腳印。腳印裡的火焰，顏色漆黑而深沉，而且彷彿蘊含了某種凝聚不散的意志，使黑色火焰只在腳印的範圍內灼燒，並不擴散到外界去。

大英雄走得並不快。

站在戰場對面的雷神，也瞇起眼睛，在耐心等待之餘，也審視著這個對手。

「啊、大英雄的身上……開始燒起來了！」

風鈴也驚呼。

從出發的原點，大英雄身上本來就隱隱透出明亮的火光。但是，這一路走去，隨著越來越靠近對手，那火光慢慢變得更加熾熱，最後開始燃燒起來。

燃燒……燃燒……燃燒!!

起初還是小小的黑色火苗。

但是隨著大英雄緩步行走，隨著他的火焰腳印在草原上越加延伸，他身上的黑色火焰也不斷旺盛起來，最後迎風猛漲，成長為足以焚盡罪業的……闇黑之焰。

最後，大英雄不管是身軀，還是那把長度驚人到令人仰望的大劍，上面都持續點燃著熊熊烈焰。

「火焰嗎……不錯啊，是個很棒的對手。」

雷神果然遵守了自己的原則。

他再次引下雷電，以「雷切」加以吸收，最後也變成與大英雄相似，全身上下與武器都盤繞著狂暴電光，徹底成為雷電的化身。

……一闇火，一狂雷。

各自代表著一種極端的屬性，兩人分別站定在屬於自己的位置上，隔著約兩百公尺，遙遙互望。

雷神依舊雙手高舉，擺出上段刀的架勢。此時從「雷切」的刀尖上，有一尾威壓恐怖的雷龍衝出，往天空急速衝去，連雲層也被這尾雷龍逼迫潰散。

大英雄則單手將「亞特留斯之劍」向身側一揮，在揮動的同時，也在劃動的範圍內，短暫留下幾乎連虛無都能灼燒的黑色烈焰。

「他們在……打招呼？」

我喃喃道。

這些動作，大概是強者在對決前，所給予對方的最後禮數。

接著——

大英雄先行動了。

「！」

在我的視覺裡，大英雄忽然消失了，原地只留下尚未消散的黑色殘影。

下一瞬間——

背對燦爛的陽光，大英雄已經出現在雷神的頭頂高空處，高舉著冒火的大劍，全身蓄力預備至極限，已經做好斬擊的準備！

接著，大英雄在空中直接踩出了音爆聲，竟然在虛無中借力下衝，那速度驚人無比！

「罪業斬！」

大劍出擊！

「……」

雷神抬起頭。

他望著處於頭頂高空處的大英雄，明明自己處於下方，會遭受重力加速度的蓄力攻擊，但他卻沒有躲避的意思。

雷神就只是簡簡單單地劃出向上的刀勢，接著逆著敵人的來勢，向上揮出一刀。

「閃電斬！」

半圓弧狀的閃電刀氣衝出，在大英雄尚未落到地面之前，就與亞特留斯之劍產生了劇烈碰撞。

這也是火與雷的初次對決！

劈啪！

轟轟轟轟轟轟！

罪業斬與閃電斬只接觸短短一瞬間，兩者就產生了掀起無數氣爆浪潮的爆炸！

爆炸甚至擴散到遠方來，直接襲擊向我們，無名以身體在前方阻擋，我們才免於受傷。

我從無名身旁縫隙望出，發現大英雄已經借力遠遠一個筋斗翻了出去，落在遠處的芒草原上。

接著率先出手的是雷神。

「地之雷！」

他將雷切插進土壤裡。

剛開始沒有任何動靜產生，但是在下一秒鐘，大英雄腳下的土壤忽然翻飛噴起，有三條雷龍就這麼從地底竄出，張開嘴巴向敵人吞噬而去。

我本來以為大英雄會用武器斬落那三條雷龍，但是……

大英雄卻不擋不閃，硬生生吃下了對方的攻擊。

——這可不是簡單的攻擊，而是武將雷神……以「雷切」所打出的招式「地之雷」!!

承受巨大的傷害，大英雄吐出一口鮮血。

但是，以受傷做為代價，利用極為短暫的時間，大英雄已經衝到雷神的面前，拉近至「亞特留斯之劍」可以砍中對方的距離。

甚至連身在遠處時，所吐出的那口血都還沒落地……大英雄就已經橫起大劍斬出，向雷神施以沉重的一擊。

鏘！

名刀「雷切」與魔劍「亞特留斯之劍」第一次進行兵器碰撞，發出了清脆的聲響。

接著，雷神直接被打飛出去

「啊，原來如此，大概大英雄沒有遠距離攻擊的手段吧？敵人卻有，而且隨手一揮就是強大的刀氣，所以大英雄必須快速拉近作戰，即使受傷也在所不惜。」

觀戰中的沁芷柔，忽然露出想通什麼的表情。

「再說，大英雄的武器可是大劍，那可是長寬都比人類還要高的大劍吶……雷切在體型上卻只是普通的武士刀，所以近距離互砍，肯定是重兵器帶有優勢。」

經過沁芷柔的解說，我才比較瞭解人英雄的用意。雖然他是我筆下所創造出來的角色，但是現在實體化後，反而不如精擅體術的沁芷柔理解他。

鏘、鏘！

剛剛才被打飛出去的雷神，身體還沒落地，在半空中又遭受兩次大劍的追擊。

「什、什麼！」

雷神又驚又怒，勉強以雷切再擋開兩擊之後，圈出一團雷電屏障保護自己，終於抓到一個落地的空隙，重新站穩在地。

「噗！」

但雷神也吐出一口鮮血。

顯然以輕盈銳利的武士刀，對上沉重厚實的大劍，並不是什麼明智的選擇。

「……你，很強。」

雷神擦去嘴角的鮮血。

「我本來不想使用這招的……但是現在看來，必須給予你相應的尊敬。」

聽著雷神的自言自語，肩扛冒火的大劍，大英雄注視著遠處的雷神，出乎眾人意料的是，他並沒有立刻進行追擊。

……原因無他。

雷神那邊有了新的動作。

似緩實快，以如流水般的動作，雷神將「雷切」歸入刀鞘，左手搭到了刀鞘上，右手搭在刀柄上，一切都是如此自然順暢，讓人看著心曠神怡。

接著他採取弓箭步，擺出了居合斬的架勢。

最後，他竟然緊閉上雙眼。

可是，比起前一次擺出居合斬，使用時「千之雷・憑神斬魔破」時展露的霸道，這一次的居合斬架勢……似乎有所不同。

明明雷神還是那個雷神，手中的刀也還是那把雷切，但整個人散發出來的氣質卻有了南轅北轍的轉變。

如同游魚在水流中悠然而過。

好似葉片在森林中飄然而下。

如此自然，毫無一絲突兀，就像他已經存在那邊千年萬年，本就該與此地是一體。

「這該不會是……」

我忽然想起雷神先前述說自己的生平時，裡面的某段話。

「吾三歲練體，五歲練刀，十歲練心，十五歲成就天人合一之境，十七歲悟先之先，二十歲後悟後之先！二十五歲後，從此……刀出如風，吾即是刀，刀即是吾，

不再有所區別。」

眼前雷神一舉一動，處處與周遭融為一體，無不合乎天道自然。

「這就是……天人合一……」

「……」

大英雄手中的大劍，黑色的火焰變得更加旺盛。

他只會近戰攻擊，也只能近戰攻擊。

而——面前已經進入「天人合一」狀態的武將雷神，不退、不逃、不避，似乎正在邀請著他，前往進行生死懸於一線的決戰。

使用遠距離戰，明明可以占盡優勢的雷神……現在卻採取這種戰法。

「……——!!」

如同自尊心受創般，大英雄仰天發出無聲的嘶吼，那姿態，就像一頭負傷的憤怒野獸。

與此同時，他身上冒出滾滾黑氣，那黑氣讓大劍上的黑色烈焰沖天而起，讓原本覆蓋在大英雄身上的薄薄烈焰，變得猶如鎧甲般厚實。

過了片刻，出現在眾人眼前的大英雄，已經是嶄新的姿態。

……已經看不見他的表情。

因為現在的大英雄，全身都被黑焰形成的甲冑覆蓋，那甲冑構造複雜，層層疊疊勾勒出堅實的防禦，上面依稀還可以看見類似於古文字的圖騰。

「……——!!」

彷彿在預告準備完畢，大英雄再次發出無聲的嘶吼，接著倒提大劍，以交戰至今最快的速度，往武將雷神——悍然衝去！

——斬！

——斬斬斬！

大英雄，以迅疾的步伐，濃烈的殺氣，捨身的戰意，用一切的一切，僅僅組合出一個字做為行動。

那就是「斬」！

勢若奔雷的斬擊！

「……」

但是，面臨大英雄來勢洶洶的斬擊，雷神依舊沒有任何動作。

他就只是閉著眼，維持著居合斬的前置動作，安安靜靜，整個人的存在感，彷彿與天……與地……融而為一。

大英雄，雷神。

一動，一靜。

兩強，交鋒！

他們之間的距離，即使在無限被拉長的時間概念中，也在快速被縮短。

……距離五十公尺。

……距離三十公尺。

……距離十公尺。

……距離，零！

已經欺近到雷神面前的大英雄，將倒提的大劍以強大的離心力甩出，再附以強絕的力量，一口氣斬向敵人頭頂！

「……」

大劍劈落，雷神被從中斬為兩半。

「！」

但是，在他面前，那個被斬為兩半的「雷神」，卻開始慢慢變得虛幻，最後化為泡影徹底消散。

大英雄一愣。

「殘影？」

不知何時，雷神已經出現在大英雄的身後。但是他以背脊對著對方。

雷神就像根本沒有移動過腳步那樣，依舊維持著拔刀斬的前傾姿勢，雙眼也依舊緊閉，就連呼吸都沒有半點急促。

兩人在這一瞬間，呈現背對背而立的姿態。

以乍看之下非常緩慢的速度，雷神的右手緩緩成掌，然後在刀柄上停住，輕輕往後一推。

「……迴天。」

於是，裝有「雷切」的刀鞘末端，就這麼往後一戳，撞擊大英雄的後背。

雷神的這一切動作，看似隨意，看似溫吞，卻像暗含了某種天道與玄奧，速度快到移動時可以產生音爆的大英雄，竟然無法避開這麼簡單的一推一戳。

大英雄在被「迴天」這招武技剛戳中的起初，似乎並沒有異狀，像是陷入發呆狀態那樣，站在原地一動不動。

這時雷神卻睜開了雙眼，他直起身，並不回頭看看對手，就這麼朝著芒草原的彼端，慢慢遠去。

「……」

十分諷刺地，兩人似乎進行了動靜交換。起初靜立的雷神，現在開始行動；之前狂奔的大英雄，則陷入靜滯中。

……三步。

……五步。

……十步。

就在雷神踏出第十步的瞬間，整座芒草原上，忽然響起巨大的聲音。

「噗——!!」

大英雄口中鮮血狂噴，從背脊被「迴天」擊中的傷處，大片黑焰甲冑開始出現蜘蛛般的裂痕，那裂痕蔓延速度太快，最後擴散到了整副甲冑。此時一陣微風吹過，黑焰甲冑頓時如爆炸般徹底碎裂，再也不存絲毫。

然後，雖然依舊緊握著大劍，但大英雄身軀開始虛弱地搖晃，他掙扎了片刻，最終還是傷重倒下。

「……」

另一邊。

瞳孔中倒映著天際的白雲，雷神嘆出一口氣。

「十步殺一人，此乃……迴天。」

以極慢極慢的速度，像是要告訴我們現實的殘酷那樣，雷神轉過視線，朝我們看來。

並且發話。

「武之極，不外如是。」

第五章 不敗之敗與不勝之勝

在日本戰國時代，早已有佛教傳入並散播。

佛語有曰：「一切有為法，盡是因緣合和，緣起時起，緣盡還無，不外如是。」

而剛剛雷神所說的「不外如是」，出處正是這裡。

這四個字的意思是：不外乎這種道理。

雷神在施展了驚人的武技「迴犬」之後，望著白雲，嘆氣若有所悟，最後對我們所說的話，也就是：「武之極，不外乎這種道理。」

……強大。

眼前這名武將，實在太過強大。那是完全不符常理，超越了不可思議的……極致之強！

友誼賽是以輕小說水平來轉換為怪獸戰力，也就是說，這就是怪物君的真正實力。

即使將攻擊力降到相同水平，依舊以碾壓的方式進行作戰。

哪怕堅持公平對決，也從來沒有設想過自己落敗的可能性。

雷神一拍腰中的雷切，將整個身體轉向我，踏步向我們走來。

「你還有一隻怪獸吧？要繼續……」

雷神說到一半，話聲忽然從中而斷。他整個人原地停頓，接著慢慢側過臉，眼珠向後瞄去。

「……哦？」

撐著破敗的身軀，大英雄將「亞特留斯之劍」插進土裡，單手扶著劍柄，搖搖晃晃地站起。

剛剛包含雷神在內，幾乎在場所有人都忽略了一件事——怪獸死亡後，會化為光點消散，而大英雄雖然傷痕累累，身軀卻始終沒有散去。

「……——!!」

比起任何時候都更像野獸，大英雄將身軀的重量倚靠在大劍上勉強站立，仰天發出不甘心的無聲嘶吼，身上的黑焰再次湧出。

只是，那黑焰比之前弱了太多太多。

別說重組黑焰甲冑，現在的黑焰強度，就只能激起微薄的火星而已，就連身軀表面都不足以覆蓋。

躂躂躂躂躂躂——

急促的腳步聲。

將大劍在地上拖行，大英雄以極度傾斜的前弓姿勢快速奔跑，朝著雷神衝去。看得出來傷勢已經影響到他的活動能力，甚至連步伐踏在芒草原上時都不再產生火焰，他唯一勉強能保持的也就剩下速度而已。

「……垂死掙扎。」

雷神的語氣平淡，他輕輕把雷切抽出，就這麼站在原地等待敵人靠近。

頃刻間，大英雄已經臨近對手。

接著，他把大劍在地上一撐，雙足也同時發力——拚命跳躍了起來。

「什麼？」

雷神仰起頭，看著高高躍在半空中的大英雄。

就在眾人都以為，大英雄要藉著下墜時的附加力量，孤注一擲地對敵人進行斬擊時——

事實卻不是如此。

大英雄就這麼從雷神的頭頂高空處直接飛越，在半空中如滑翔般前進，接著像四足動物那樣，雙手雙足同時落地，落在我們面前。

這裡已經是戰場的邊緣處，後面就是森林，大英雄卻一口氣跳到了我們身旁。

「？」我。

「？」風鈴。

「？」沁芷柔。

沒有人明白大英雄為何而來。敵人明明就在你身後呀！

但是，大英雄接下來以行動將答案迅速告知所有人。

他以單臂掄起了「亞特留斯之劍」，對著我們的方向轟然斬下！

「!!」

那是人類根本無法產生反應的超高速劍技，腦海中才剛剛閃過不妙的念頭，那一劍就已經斬完，甚至用力到深深斬進了土壤裡。

那是代表有物體生命值歸零的光芒。

「你……」

在我的身旁，開始有點點光芒溢散開來。

……

原來。

我、風鈴以及沁芷柔都沒事，可是一直待在我們身旁，在場上發生戰鬥時一直為我們阻擋戰鬥餘波的無名，在大英雄剛剛的一擊下，被砍成了兩半，迅速消散在天地之間。

大英雄身上的黑焰變得淡薄，現在我們已經能看清他臉上的表情。

那張與我相似的面孔，像是柔軟的內心深處遭到無數細針刺入那樣，表情既猙獰又飽含痛苦。

「無論如何不能輸……不能輸……!!」

「願望……我要取得願望……!!」

這麼近的距離，我可以聽見大英雄的喃喃自語。

「……」

我忽然瞭解了，大英雄為什麼要殺死無名。

在原作《亞特留斯之劍》的設定中，「亞特留斯之劍」是一把魔劍，擁有吸取生命化為黑焰的力量。就連自己的生命都能奉獻出來，供這把魔劍吸取，所以夥伴的生命當然也可以成為能量。

而大英雄所迫切渴求的「願望」，是源自地下城的傳說。傳說地下城裡藏有無所不能的「神靈的力量碎片」，只要能夠得到，就可以得到一個願望。為了利用願望復活他的夥伴、同時也是愛人的莓洛兒，大英雄不惜殺戮萬千。

但是要足夠強大，才能走到最後，才能奪取許下願望的可能性。

為了變強，即使必須殺死夥伴來換取變強的可能性，大英雄也會去做。他或許會痛苦、會徬徨、會掙扎、會流下血淚、會自責到近乎發狂——但下的決定卻不會有所改變。

因為對於大英雄來說，沒有比復活莓洛兒更重要的事。

即使在C、Y兩所高中的友誼戰中被召喚出來，成為我方的戰鬥怪獸，他依舊沒有忘記心中的執念。

不能敗北，不能倒下，得拚命變強，要取得願望——

所以大英雄才會斬殺無名，吸取他的生命力，將其轉化為自己的戰鬥力。

「……——!!」

再次發出無聲的嘶吼，透過亞特留斯之劍的力量灌注，大英雄身上的黑色火焰迅速暴燃，變得比受傷之前更加強大。

黑焰甲冑再次出現於大英雄的身上，他那張表情既掙扎又痛苦的臉龐，也重新被埋藏於面鎧之下。

接下來，他再次轉身，面對武將雷神。

雷神的眼神，已經帶上銳利的評估性。

「不惜犧牲夥伴……也要變強的惡鬼之道嗎？好一個大英雄。」

不知道為什麼，雷神的視線落在我身上，就好像那話是在對我說的一樣。

大英雄並不回答對方的話，而是倒提著大劍，一邊抓取著預備奔跑的攻擊距離，慢慢向雷神走近。我注意到他的甲冑型態比起先前更加猙獰，形象真的有如惡鬼。

看到再次奮起，變得更加強大的大英雄，雷神並不畏懼，反而微微笑了起來。

「不過，就算真的是惡鬼也無所謂……恰好，斬鬼正是武士的專長。」

與對方採取一模一樣的行動，雷神也緩步向著大英雄走去，如果雙方不停下腳步，將會在芒草原的正中心擦身而過。

「——那麼，就讓你見識一下我的奧義吧。」

雷神將綁住刀鞘的紅繩解開，以左手握住刀鞘口，像拿著另一把刀那樣，與右手「雷切」互相交叉疊加，雙刀形成一個十字形狀。

連續打鬥三場，戰到了這種地步，雷神竟然還有藏招嗎？簡直讓人難以置信。

「……」

接著，雷神的說話方式改變了，語調既慢且長，彷彿是在吟唱某種禱詞。

「我以一刀斬心……」

自雷切與刀鞘形成的十字中心點，忽然出現了雷電組成的漩渦。

「我以二鞘斬技……」

那雷電漩渦越來越大，光芒也越來越耀眼，就像由雷電所構成本質的黑洞那樣，似乎要將一切物質吸入、破壞殆盡。

「我以三殺斬體……」

「我以四戮斬意……」

「我以五祈斬念……」

一句話，便是一殺。

由一至五，心、技、體、意、念，雷神每一句都代表了一種殺死對方的方式，那不光是要奪去對方的生命，而是連敵人心中的所有，都要一起摧毀的絕殺！

六、七、八、九……也分別有一殺，最後在即將念出最後第十殺時，雷神面前的雷電黑洞，似乎連光線都要吸入、屠戮，他身周的芒草全部在一瞬間枯死。我已經看不清雷神的身影，但是對方那唯我獨尊的霸意，讓人即使不用肉眼觀察，也能清晰體會到他的存在。

最後。

「我以十文字……斬無盡！」

唸出最後一句禱詞的瞬間，原本龐大無比的雷電黑洞驟然收縮，全部凝聚到雷神手中的刀與鞘上，形成無法想像的驚天之力。

「十絕．流光電閃斬！」

發出蘊含瘋狂戰意的吼聲，雷神雙臂交叉互彎，眼看就要揮出手中的十字斬擊……

可是，另一邊。

早在雷神唸出「我以一刀斬心……」這第一句禱詞詞，大英雄也有所動作。

大英雄把手中的「亞特留斯之劍」刺向自己的胸口，他的肉體迅速乾癟下去，以吸收自身幾乎所有生命力做為代價，他的氣勢也在不斷拔高……拔高，不斷達到他從未有過的實力高度。

而在雷神唸到「我以十文字……斬無盡！」時，大英雄的力量也提升到了最高點，黑色火焰已經不止是組成鎧甲，而是變化為另外的型態。

如果把視角拉遠到極處再看去，在大英雄的位置上，可以看見一頭黑焰巨人傲立於天地之間。大英雄的人，就站在那火焰巨人的中心點。

甚至在吸收完畢後，大英雄已經只剩下揮出一擊的生命力，這時黑焰巨人手中也幻化出了黑焰版的「亞特留斯之劍」，像是要劈開整片天地那樣，那把恐怖無比的「黑焰．亞特留斯之劍」，光是存在，四周的空間就開始產生蜘蛛網狀的碎裂。

大英雄的這一擊，將由黑焰巨人所斬出。

這可是凝聚大英雄所有生命力的斬擊，他畢生也只能揮出這樣的一擊。一旦出手……威力必定狂猛強絕。

於是，沒有任何像樣的招呼。

……有的只是閃電與黑焰，彼此之間的碰撞。

同時準備完畢的兩人，在氣勢提升到最高點的那刻，同時朝對方揮出最強一擊！

「十絕．流光電閃斬！」

「……──!!」

我、風鈴以及沁芷柔，知道已是關鍵時刻，於是緊張地看著芒草原中的發展，就算眼睛被風吹得再怎麼乾澀，也不敢有瞬間的闔眼。

「給我贏啊啊啊啊啊──!!」

沁芷柔大叫。

「是、是前輩的怪獸的話 定沒問題的，請務必加油!!」

風鈴也漲紅著臉大喊。

「……」

我則是沉默，打算把大英雄奮戰的最後身姿，用力刻印在腦海深處。

於是，在眾人的迫切注視中——

闇火與霸雷，即將正式交鋒！

「——!!」

然而——就在最後這一瞬間，一道來自芒草原之外，那C高中不惜辛苦多時，也迫切想要抵達的神殿處——忽然傳出聲音。

那裡只有一名絕對王者存在，聲音的主人是誰，不言而喻。

「夠了。」

那聲音很平靜，卻帶著不容質疑的決然。

「回來吧，武將雷神。我以主公的名義……將你強制召回，還原為怪獸卡。」

雷神愕然。

「主公——!?」

愕然的不止是雷神，也包含我們C高中三人。

彷彿替整場戰鬥落下帷幕。

怪物君的發言，以接下來的一句話，在所有人的震驚中，替這場友誼賽……劃下了最為出人意表的結局。

他的聲音相當平淡，但卻也很認真。

「這場攸關原則的對決，是我們Y高中輸了。」

場上一片靜默。

怪物君的發言，不光是我們，就連身為他麾下的第一強者雷神——都震驚到無法言語。

但是，雷神畢竟無法抵抗召喚者的意志，於是在點點光芒匯集中，他還原成為一張怪獸卡，自動飛往神殿的方向。

「意、意思是我們贏了嗎？是真的嗎？」

沁芷柔到現在還是不敢相信。

「我也不清楚……總之，先去神殿那邊看看吧。」

於是我們三人往神殿的方向前進，越過芒草原，走進神殿大廳，再沿著一條又一條走道往上爬，花費不少時間，我們才終於抵達神殿頂端。

怪物君果然待在這裡。

在充滿滄桑古老氣息的神殿大廳裡，有著無數級盤旋往上的階梯。

在那漫長階梯的延伸極處，也就是眾階梯的最高處，有著一塊可以俯瞰低處的平臺，平臺上放有巨大的王座。

而王座上——坐著名為怪物君的王者。

一樣的紅白兩色制服，一樣的俊秀美男子，一切都與影像裡所展示過的景象相同，唯一不同的是怪物君臉上的表情。

他臉上的表情變得相當友善，看到我們走進大廳，甚至步下王座，沿著階梯向我們走來。

等到雙方接近到一定距離，我忍不住發問。

「你之前說的……『這場攸關原則的對決，是你們Y高中輸了』，那是什麼意思？」

怪物君微笑。

「字面上的意思。」

大概察覺我們無法理解，於是他從口袋裡掏出了封印著武將「雷神」的怪獸卡，以兩根手指挾著。

「雷神這傢伙……跟你們約定好了吧？要堂堂正正地對決，只使用與對方怪獸相等的戰鬥力。但是——在凝聚最後一擊『十絕・流光電閃斬』時，他使用了超出額度的力量。既然如此，我們就是不遵守原則……」

「……」

「而不遵守原則的人，沒有獲得勝利的資格。」

這就是怪物君認輸的理由？聽完怪物君的解釋，我不禁又一次錯愕。

「就這樣？」

怪物君點頭。

「嗯，就這樣。」

強烈的錯愕感與現實的落差，讓我忍不出叫出聲。

「你未免也太光明正大了吧！我們根本不知道『雷神』使用了多少戰鬥力呀！」

怪物君笑了。他的笑容非常好看，讓人完全提不起生氣的動力。

「但是我知道，這樣就足夠了。」

……唔。

不知道為什麼，我身為人類的那部分，忽然產生一種挫敗的感受。

而且我忽然有點擔心。

這傢伙長得這麼帥，又聰明，貌似運動神經也很好……一看就是萬人迷，應該不會發生那種事吧？我偷偷向風鈴與沁芷柔看去。

幸好風鈴與沁芷柔看起來表情正常，我不禁鬆了口氣。

與此同時，對於會因此感到放鬆的自己，心裡也忍不住閃過輕微的罪惡感。

怪物君盯著我看，除了剛剛那些解釋，他似乎還有話想說。

於是我靜靜地等著他發言。

「……看來，我誤會了你們。」

怪物君嘆了口氣。

「我在這裡，透過影像，看見了你們拚盡全力想取得勝利的樣子，你們的勝利欲望十分純淨，不帶半點撒謊者特有的陰霾……也就是說，C高中的最強者確實是你們。」

「這樣的話……我的記憶究竟是怎麼回事呢？」

露出思索的表情，怪物君托著下巴。

「就像陷入一個又長、又會被強迫接關讀檔的夢那樣，我睡覺時常常會夢到一些奇怪的東西，可是醒來後……幾乎都沒辦法回憶內容。但是在一些殘留的夢境印象裡……好像我去C高中挑戰時，曾經感受到「一名超級強者，隱藏在C高中內。」

我一怔。

怪物君的話，讓我感到既熟悉又茫然。

……我也在不斷作著怪夢，醒來後又無法回憶。

還來不及深思這種關聯性代表什麼，怪物君又繼續說了下去：

「而且，不知道是不是這些怪夢影響到我的想法，偶爾掠過的模糊記憶總是在告訴我，一年為期的最終之戰，已經結束了。在那場最後的戰役中，其餘五所學校，有很多強者聯手圍攻我……但我還是擊敗所有人拿下第一。

「對了，那些強者裡……柳天雲，不包括你。我所有殘存的夢境記憶裡，也沒有你的身影，就好像你從來沒有參加過夢境中的比賽那樣。

「但是，這就奇怪了，像你這種高手，除非放棄了寫作，不然無論如何……都能成為學校的代表之一，參加最終決戰才對。

「所以不合理，難道這些夢境……與那些偶爾掠過的奇怪記憶，都只是我的錯覺嗎？」

怪物君似乎已經思索這些問題很久很久，深鎖的眉頭述說著他的煩惱。

大概怪物君平常很少有想不通的事，所以碰見這些事情，他就拚命想要弄明白。

「……!!」

我忽然記起一件事。

之前，在連自身都不知何處的游離意識當中，有一幕奇怪的畫面閃過我的腦海，但是要深想下去時，強烈的頭痛卻阻止我繼續回憶。

短暫的沉默。

那游離意識裡……有一個穿著黑色連身斗篷的身影。

然而，即使在斗篷的遮蓋下，那人長長的頭髮，依舊有幾絲透出斗篷外……並且帶起一抹銀光。

我想將心中這些疑惑，拿來詢問怪物君。

「……？」

奇怪，地震了嗎？怎麼忽然我站不穩了……

不……不是地震。

在下定決心開口詢問那一瞬間，我忽然察覺自己竟然在顫抖。

由手指……手臂……小腿……大腿……乃至整個身軀，那顫抖一直竄到了心靈中。

無關我本人的身體意願，就好像我內心深處有某塊地方，在渴求……同時也害怕得知這些答案那樣。

「前輩……」

風鈴第一個察覺我的異狀，她抓住我的手，對我露出溫柔的微笑。

明明不知道我為什麼而顫抖，明明不知道我為什麼會害怕，但是在發覺我的心境動搖的瞬間，風鈴選擇第一時間把自身的溫暖傳遞給我，讓我擁有開口詢問的勇氣。

「……」

我深深吸了一口氣。

明明只是簡簡單單想問一個問題，感覺起來卻比之前對戰絕世強者「雷神」時更加艱難。

怪物君大概也發覺我有話想說，於是朝我展露微笑，攤平手掌，示意我隨時可以發言。

「那個……在你那些殘存的夢境裡……或是忽然閃過的奇怪記憶中……有沒有……」

我說到這裡，嚥下一口緊張的口水。

然後才繼續把話說完。

「有沒有……出現一個銀色頭髮的女性？大概是女性，因為她頭髮應該很長。是高中生的機率也很大，因為那個人身後模模糊糊的背景……看起來很像C高中。」

在說出這些情報的瞬間，我的腦海中，浮現出人工智慧九千九百九十九號裡，曾經出現過的那名「思念體」。是啊，她也是……銀色長髮。

怪物君很快瞭解我的意思，為了確認我的問話，他問：

「也就是說，是一名銀色頭髮的女高中生？」

怪物君想了想，搖頭。

「沒印象。」

但是就在此時，忽然間——那不知何處的游離意識當中，我所看見的場景竟然有了些微變化。

那個渾身罩在斗篷下的人影，頭髮一下是銀色的，一下似乎又是粉櫻色的。

這兩種顏色的差距實在太大，我一時不敢確信，但為了保險起見，我還是將新看見的情景道出。

「等一等……那個人的頭髮……也有可能是粉櫻色的，粉櫻髮色的女高中生……」

在說話時，我提起了「粉櫻色」這個詞彙。

「粉櫻……櫻……」

櫻這個字……光是提起，光是複誦，就有種好熟悉……好熟悉的感覺拚命湧上。

「咦？」

接著我發現，不知道為什麼，完全不受控制地，眼眶裡忽然湧出了淚水。

「……」

而我的面前，再次聽見我提出的問題——怪物君忽然呆住了。

我第一次看到他這麼茫然的表情。

接著，他眉頭緊緊皺起，伸手扶住額頭，似乎忽然劇烈頭疼起來。

過了許久，大概是頭疼終於平息，怪物君遲疑地道：

「好像有……又好像沒有。一去想這件事，我就開始劇烈頭痛，根本無法清晰回憶。」

原來如此……怪物君也是這樣嗎？

一回憶到像是關鍵的地方，就會開始頭疼，進而失去思考的能力。

我與怪物君繼續交換情報，但是最後也只能得知雙方都會夢到怪夢，而且都會有莫名的記憶閃過腦海，其餘方面就沒辦法得知。

於是這方面的話題宣告結束。

接著，雙方將話題轉回友誼賽上。

畢竟現在還在進行比賽中，只要還沒分出勝負，這個空間會一直存在，我們就無法回到各自的高中去。

「剛剛我已經說過，這次是Y高中輸了。你那隻叫人英雄的怪獸，雖然只剩下一口氣，但還是可以勉強召喚吧？讓他攻擊我，藉此結束比賽吧。」

怪物君倒是非常乾脆。

「……這樣好嗎？」

雖然一路努力過來，就是為了擊敗怪物君，只是見到對方的態度如此坦然，又剛從對方那得到不少情報，忽然要我下手攻擊這個滿臉好看笑容的對手，還真的有點不忍心。

「嗯，你動手吧。但是柳天雲，你要記住……下次我們再見面，應該就是在『最終之戰』裡了。到了那時，我有Y高中必須守護，我會……不顧一切地全力出擊，把勝利牢牢掌握在手中。」

絲毫不考慮其他高中獲勝的可能性，怪物君直接發出勝利宣言。

「……」

我聳聳肩。

但是，他的發言其實在我的意料之中。

果然……雷神那傢伙的驕傲性格，其實是從召喚者那邊繼承來的吧？

在滿腹心事中，大家都是沉默不語，我從口袋裡拿出大英雄的召喚卡片。大英雄現在傷得很重，攻擊力只剩下一萬而已。

知道自己即將要被擊敗，怪物君臉上露出招牌性的微笑，接著他沿著螺旋階梯緩緩往上走，坐在他的王者之位上，端坐不動。

滿懷對於敵人的尊敬，我立於低處的平臺上，仰起頭，伸手輕輕向怪物君指去。

「……——!!」

大英雄理解了我意思，他扛著「亞特留斯之劍」快速往平臺上竄，悍然向怪物君進行連斬！

十萬……九萬……八萬……怪物君的生命值不停掉落。

「主公——不可以——!!召喚我出來，讓我一刀斬了這些鼠輩!!」

坐在華麗王座上的怪物君，口袋不斷震動，裡頭傳出武將雷神焦急的聲音。不知道是不是因為戰鬥力實在太強，還是某種特殊能力，雷神竟然可以在卡片狀態直接說話，把聲音傳到外界來。

但是怪物君臉上的笑容始終不變，他輕拍口袋，示意雷神安靜。

七萬……六萬……五萬……在「亞特留斯之劍」的斬擊下，怪物君的生命值只剩下起初的一半。

到了這時，武將雷神的聲音更顯惶急。

「就算不是我也可以——!!叫外面那些傢伙過來，那頭笨蛋巨人實力不是也還行嗎？或是命令烏鴉天狗以及夜梟出動吧！還有那隻戰鬥力其實有二十萬，體型像山一樣的『大沼澤怪』，牠不是在您的吩咐下才趴著不動的嗎，甚至只派出一些牠身上寄生魚類攻擊而已——!!只要您一聲令下，牠就能馬上趕到——!!主公——!!」

像是聽膩雷神的勸說，怪物君在這時輕輕開口了。

「夠了，雷神。輸就是輸，贏就是贏，如此而已。」

他的聲音中已經帶上一絲責備。

「主……主公……」

彷彿明白了君主的覺悟，雷神終於沉默下來。其實以他那與怪物君無比相似的傲氣，又怎麼會不明白怪物君的想法？但是，他那出於武將本能般的愚忠，讓他不惜遭到責備，也必須出言阻止。

四萬……三萬……兩萬……怪物君的生命值已經見底。

怪物君依舊朝我們露出微笑。

看見他那笑容，我忽然想起怪物君曾說過的話，並且有所領悟。

「那麼，來吧……前來我這裡，一路過關斬將，殺出屬於你們印證自身的道路。」

「——直到位不見王影的那刻為止!!」

所以，在最後的最後，身為絕對王者的怪物君……亦履行了承諾。

身為絕對王者，就算只是遊戲般的友誼賽，王依舊還是王。他必須死在王座上，直到位不見王影的那刻為止……才能將勝利拱手讓人。

……如此氣度，簡直瀟灑到讓人嫉妒啊。

大英雄最後一劍斬下。

怪物君的生命值，降至為零！

在他化為點點光芒消散的同時，整個友誼賽空間裡，也響起晶星人系統的播報聲，那聲音恭喜著C高中得到勝利，並告知十秒後，全員將回歸現實世界。

「那麼，下次再見了……」

怪物君灑脫地一笑。

「在那……賭上性命的最終一戰上！」

話聲還在耳邊迴響，怪物君的身影徹底消失。

接著，經歷了無比苦戰的我們，也開始傳送並回歸C高中。

無數光芒亮起。

傳送的過程，依舊帶著令人不適的暈眩感。

在那暈眩中，我開始思考這次的友誼賽結果。

「……」

怪物君所獲得的，是不敗之敗。他敗了，但也沒有敗。

而我們所獲得的，是不勝之勝。我們贏了，但也沒有贏。

「不敗之敗與不勝之勝……嗎？」

想到這，我吐出胸中的一口濁氣。

「這個世界實在太過遼闊，看來回去後，得更加努力才行啊。」

第六章

大英雄與輝夜姬

在傳送的亮光中，眼前的畫面一陣轉移，我們終於回到C高中，直接出現在怪人社內。

桓紫音老師與輝夜姬本來在聊天，而無口狀態的雛雪在畫畫，看見我們之後，她們起身迎接。

再次看見熟悉的面孔，我們三人都忍不住露出笑容。

「我們回來了！」

「嗯，回來了啊。」

桓紫音老師並沒有詢問勝負，只是單純地歡迎我們，這令我有點好奇。

「妳不問友誼賽的結果嗎？」

「哼，零點一，汝以為吾是誰？吾可是教了汝等將近一年的偉大吸血鬼皇女!!從汝等臉上那與血族眷屬一點也不符合的開朗表情，早就能推斷出勝負了。」

「……唔。」

我們的表情有這麼明顯嗎？雖然一直笑著沒錯啦。

「不過呢……」

說著，桓紫音老師也笑了。

那笑容很溫暖、很溫暖……

「還是恭喜了，做得好！」

桓紫音老師是教導我們的恩師，平常這麼嚴厲的她，真的很少稱讚我們。現在她一句簡簡單單的道賀，卻比全天下的寶物堆在一起更讓我們開心。

於是，我們三人臉上同時洋溢出大大的笑容。

「是！」

……並且齊聲加以回應。這聲音大概會傳出怪人社，一直響到下面的廣場去吧。

穿著和服的輝夜姬，也朝我們走來。

「竟然贏了那個怪物君嗎……不愧是柳天雲大人。在妾身那個年代，立下如此功績的武士，就算原本只是個浪人，也會被各地諸侯爭相錄用吧。」

輝夜姬的稱讚方式依舊充滿我流風格，我只能傻笑回應。

接著就是賽後回顧時間，人家把幾張桌子拼起來，圍成一個大桌說話。

這時桓紫音老師與輝夜姬，好奇地向我們詢問友誼賽時的細節，我們從高空降落時開始說起，一直說到了遇到噴火的巨龍。

「龍嗎……呿，在遠古時期與吸血鬼皇族進行戰爭後，竟然還有留存啊……」

咬著手指甲，桓紫音老師露出焦躁的表情。不得不說，這傢伙自顧自替自己添加設定的能力，完全不輸給輝夜姬。

「啊、居然還有巨人!?站起來比雲端還高?」

她們瞪大了雙眼，就像聽我們在描述某種神話內容一樣，時不時驚奇地瞪大雙眼。

但是，說到在芒草原與武將「雷神」一戰時，原本只是在旁邊微笑聽著的輝夜姬，忽然「喀啦」一聲弄倒椅子，整個人站了起來，將手撐在桌面上。像是想聽得更清楚那樣，她整個上半身向我這邊探來。

「真、真正的武士?全身穿著帥氣的鎧甲?心中還充滿著對於主公的忠心!?哇……哇哇!!再多說一點、請您再說得仔細一點，柳天雲大人!!」

啊……輝夜姬喜歡聽這種故事嗎?

那個不管何時對方說什麼，都能平靜地以我流進行回答，甚至能毫不在乎地說出：「請柳天雲大人將此刻背後的觸感牢牢記住，日後如果空虛寂寞，可以做為回味之用」的輝夜姬——此刻卻聽故事聽到微微張開了嘴巴，滿臉嚮往與渴望。

「不、不行!!這麼執著於原則的敵人，如此忠於大義的武士……妾身卻沒有親眼看到!這絕對不行!」

雙眼裡閃耀著嚮往武士之道的火焰，輝夜姬以雙手撐著的上半身越來越前探。

「是、是嗎?」

感受到輝夜姬那逼人的氣勢，眼看她越湊越近，我忍不住微微後仰。

而且由於和服寬鬆的緣故，她這個前傾的姿勢，坐在對面的我，已經能清楚看見她滑膩的鎖骨，與一小半的乳溝。

平常如果不刻意觀察的話，其實不曾發現輝夜姬的身材有這麼好。但是從上次去海邊的社團活動之後大家就發現了，其實輝夜姬的身材比例非常理想，是少女完全可以自傲的級別。

接著輝夜姬非常嚴肅的表情轉過身，朝桓紫音老師說話。

「……再發起一次友誼賽吧。」

「哈啊？」

原本在喝茶的桓紫音老師，把口中的茶水噴了出來。

趁著對方還在發愣，輝夜姬繼續追擊。

「妾身想看！想看！想看那名武士，非常想看!!」

「別、別開玩笑了！怎麼能因為這種事情而發起申請啊！再說『轉轉友誼君』也不能對上位學校提出挑戰呀！」

「──沒辦法!!因為妾身還沒看過那名武士！」

「這算什麼理由，再說汝也不是C高中的學生吧！就算發起了友誼賽，汝也不能參加啊！」

「啊……!!」

如同大夢初醒般，臉色蒼白的輝夜姬，以手指指著自己。

「這樣啊……妾身不是C高中的學生……是這樣啊……也就是不能看武士了

嗎……」

彷彿經過桓紫音老師的提醒，才忽然驚覺到殘酷的事實。輝夜姬的身體一陣搖晃，接著無力地坐倒在椅子上。

其實，我本來以為以輝夜姬對武士的熱情，會不顧一切地接著提出「那就讓妾身轉學到C高中吧！」這種話……但是，她竟然在中途就宣告放棄，以自己的失落做為結尾，這讓我有點意外。

我思考了一下，接著才瞭解輝夜姬的心情。

輝夜姬身為A高中的領袖，既是救世主，也是那邊所有人心目中的「公主殿下」，堅持行走於「大義之道」上的輝夜姬，就算只是被喜愛事物沖昏腦袋的時刻，也不會輕易說出要轉學……這種等同於放棄所有子民的話。

因為，缺乏輝夜姬的A高中，在最終一戰中也等同失去所有希望，只有死亡一途。

正因為如此，正因為她是輝夜姬，所以才能在無時無刻都謹守如此底線，成為以雙手呵護整座A高中的守護神，明明身體比任何人都虛弱，那意志卻如磐石般屹立不搖。

「武士……不能去看武士了……」

但是輝夜姬依舊在喃喃自語，她此時的失望與落寞，也讓人相當不忍。

於是在思索過後，我決定提出一個折衷的建議。

「呃……輝夜姬，我有個提案。不如……我們把『雷神』的素描圖畫出來，再借妳一臺可以製造鎧甲與武士刀的晶星人機器，妳把這些東西都帶回去，讓飛羽……扮成那名武士給妳看，這樣可以嗎？」

反正秉持著「守護之道」的飛羽原本就扮成騎士，既然是這樣，那現在把職業換成武士，應該也差不多吧？大概。

「……嗯，好的。柳天雲大人，謝謝您。」

輝夜姬還是相當失落，不過似乎打起了一點精神。

現在該說「太好了」嗎……希望這個提議有用。

「……」

桓紫音老師在這時候把椅子拉到輝夜姬旁邊。

接著，桓紫音老師伸出雙手，往輝夜姬小小的臉蛋伸去，像搓糰子那樣開始隨便搓揉。

「在想什麼呢——!!居於月亮的月之一族不是很堅強的嗎！身為吾之盟友，怎麼能因為這點小事就無精打采！」

桓紫音老師口中的「月之一族」好像又是新名詞，設定是從傳說中「輝夜姬回到月亮上」那邊借用的嗎……

總之，桓紫音老師也在以她的方式替輝夜姬打氣。

「嗚……嗚……是、是的。」

輝夜姬的臉蛋被搓來搓去，頓時有些發紅，她臉紅的樣子看起來非常可愛。

「再說、汝不是還有『那件事』要向零點一說嗎？」

……要向我說那件事？

我一愣。

從四周眾人的表情來觀察，風鈴、雛雪、沁芷柔似乎都不知情，所謂的「那件事」似乎只有桓紫音老師跟輝夜姬瞭解。

究竟會是什麼事呢……

但是，在短暫的錯愕過後，像是觸電般，沁芷柔忽然直起背脊。

「色情無口女，快!!」

她朝著雛雪發出喊聲。

「……!!」

坐得離教室門口最近的雛雪，立刻跳起身，把教室大門關上並鎖住。

不知道為什麼，平常總是互相看不順眼的這兩人，突然齊心合作起來。

然後，雛雪掏出了繪圖板，在上面「唰唰唰」地寫字。

「……不可以插隊。」

板子上面寫著這樣的字句。

「啊？」

桓紫音老師跟輝夜姬都露出疑惑的表情。

雛雪繼續寫道：

「經過激烈的戰鬥後，凱旋而歸的英雄被美少女搭話，說：『人家有那件事想對您說』，不管是輕小說還是漫畫的展開裡，接下來都只能發生告白劇情吧？輝夜姬，妳是最慢來怪人社的唷，就這樣隨隨便便插隊告白，就算是雛雪也會介意的哦！」

「……」

輝夜姬搖了搖頭。

「請原諒妾身的失禮，但妾身並沒有要告白，雛雪大人您的猜測錯得非常離譜。」

一聽對方這麼說，雛雪更驚訝了。那張平常無口狀態時總是無表情的臉，也變得有點不爽。

她以非常迅速的動作把剛剛繪圖板上面的字擦掉，接著急速寫了新的字句，甚至為了追求速度，這次的筆跡潦草許多。

「……也就是說，妳想省略告白的過程，偷偷跟學長走到能夠獨處的地方，直接把妳那對巨乳貼上去，然後淫亂地扭動著身軀，一邊承受著學長身體的重量，進行biu——biu——的事情嗎？真過分，太過分了！就算是雛雪也會覺得這是無法原諒的插隊行為唷！」

「——並沒有這回事！雛雪大人，請收回您無禮的發言，不然妾身要生氣了！」

剛剛還陷入失落狀態的輝夜姬，被雛雪的超級性騷擾觸身球給擊中，頓時變得臉紅起來。

甚至，我還從輝夜姬身上看到一絲慌亂。

啊啊……某方面來說，雛雪真是太厲害了。原本我還以為輝夜姬根本不在乎性騷擾，但事實證明只要是人，雛雪就能騷擾成功給你看。

這時候風鈴出場緩頰。

「那個……風鈴覺得輝夜姬應該沒有那個意思哦……？」

「嗚——啊——煩死了，所以情況到底是怎麼樣啦!!」

煩躁地抓著金色的長髮，沁芷柔竟然認真地在煩惱這件事。

……與Y高中對決過後，本來因為獲得空前的勝利，氣氛相當融洽的怪人社，忽然吵鬧了起來。

雖然這種吵鬧平常早就習慣，但是還是讓人忍不住嘆氣。

「所以說妾身並沒有那種意思，請不要擅自誤解！」

「……雛雪認為有。」

「沒有！」

「……有。」

「沒有啦！」

「……有！」

「……」

因為實在太有教養，輝夜姬努力保持著禮貌性的笑容，但她的笑容裡已經帶著濃厚的黑氣。

「呵呵……在妾身的家鄉那邊有個傳說，指著月神指指點點的無禮者耳朵會被割掉，不知道您有沒有聽說過這件事？」

以和服的袖子掩住嘴巴，輝夜姬笑著這麼說。

啊……好可怕的語氣。

總覺得戰局正在不斷擴大，已經有點偏離原本的主題了。

但是，旁邊卻有個人似乎覺得很有趣。

如果是平常上課期間的話，桓紫音老師一定會阻止吧。但是因為今天是友誼賽剛結束的日子，社團放假一天，於是她悠哉地一邊喝茶，一邊看著少女們面紅耳赤地產生爭執。

「啊，茶喝光了。」

有點遺憾地盯著茶杯裡面，桓紫音老師接著轉向我，拍拍我的肩膀。

「零點一，汝真是個罪孽深重的男人吶。」

……是我的錯嗎？

忽然之間，桓紫音老師把空著的茶杯塞到我手上。

然後，以帶著戲謔態度的說話方式，她伸出右手食指豎在自己的嘴唇前面，單睜著右眼的赤紅之瞳，笑著開口說話。

「如果年輕個三歲，說不定吾也會考慮加入爭奪哦？」

怪人社內，瞬間陷入一片沉默。

確實，桓紫音老師很漂亮。

單純論外表，她似乎已經凍齡在高三那年，如果穿上制服，看起來完全就是個高中生。

「……!!」

接著，教室內短暫的沉默結束。

比起之前吵鬧十倍，少女們如同爆炸般的聲浪再次響起。

「「「桓紫音老師!!!!!!!!!」」」

經歷友誼賽之後的隔天。

在上完社團課程後，輝夜姬來到我的桌子前面。她的雙手負在背後，似乎藏起什麼東西。

盯~~

平常總是態度從容，展現出如水般的沉靜——不管面對誰都不會居於下風（除了性騷擾的雛雪），但是這樣子的輝夜姬，今天似乎有點緊張，在我面前盯著我看，卻始終不說話。

盯～～～

那淡黃色的雙眸看得我很不自在。

一直盯著我看，輝夜姬……難道在等我主動發問嗎？

於是我停下原本整理稿紙的動作，咳嗽兩聲。

「咳、咳。」

「──柳天雲大人，您有什麼事呢？」

我咳嗽的聲音都尚未消失，輝夜姬就以驚人的速度把對話接上。

明明很想開啟對話嘛……這傢伙。

不過，即使輝夜姬不說，我也能知道她的來意。

因為今天在社團課程開始前，包含桓紫音老師在內，所有少女都聚集到角落進行祕密討論，似乎商量出一個結論，最後把輝夜姬推了出來。

……所以說，果然還是要提起昨天所謂的「那件事」吧？

雖然因為陷入吵架大亂鬥被打斷了，不過我還是很好奇，輝夜姬要告訴我的「那件事」究竟是什麼。

當然，我也不會自作多情到認為輝夜姬喜歡我，打算向我告白。

因為輝夜姬曾經說過，她喜歡寫作實力厲害的男性……但是從社團課程的練習中就可以看出，輝夜姬實在太厲害，說不定跟怪物君都有得一拚，在實力不如當年的現在，我大概沒辦法戰勝她。

既然不會是告白……

那麼——妳究竟要對我說什麼呢？

「……」

這時我的眼角餘光，注意到教室內所有人雖然都在做自己的事，但實際上都在偷看這邊。桓紫音老師是最誇張的一個，她直接就坐在講臺上，把那邊當作視野最佳的眺望臺，安安穩穩地打算旁觀。

而身為眾人焦點的輝夜姬，嘴巴張了張，一時沒有發出聲音。

「……嗚。」

在深深吸了一口氣之後，她才重新發話。

「請原諒妾身的無禮，但妾身要事先聲明，雖然妾身那個年代有『女孩子送禮給男性，就代表了相應的好感度』這種習俗，但身處已經開化至今的文明，還是要請柳天雲大人您不要誤會。」

她說話時好鄭重，就像站在城堡的頂端，向所有子民演講的口吻！

「喔、喔喔！是這樣啊！」

面對她那超乎尋常的認真，我也不禁緊張起來。

「所、所以……那個……」

輝夜姬偏過頭去。

又像陷入了掙扎中，再次猶豫片刻後，她終於將隱藏在身後的東西拿出。

「這、這個東西送給您!!」

我向她手中拿著的東西看去……

那是一件男性款式的和服，顏色是淺綠色，與我的瞳孔是相同顏色。看起來大小也跟我身材相符，質地作工也似乎都很精緻，一看就知道下了很多苦工。

我從輝夜姬手上把和服接過。

「啊……送給我？可以嗎？」

直到看見這件和服的瞬間，我才終於瞭解……為什麼輝夜姬從進入怪人社開始，只要有空閒時刻都在織和服。這行為明明就會消耗輝夜姬的體力，但她還是樂此不疲。

我曾經以為是她的和服不夠穿，但現在看來，我果然還是太過遲鈍。

看到我接下，輝夜姬吐出一口氣。

她的緊張，似乎也隨著那口氣被趕跑大半，表情亦放鬆下來。

「柳天雲大人，一直以來蒙承您關照了，第一次見面時……去海邊時……還是大家一起出去玩時，時常得到您的諒解，將體弱的妾身背負於背上行走，還有其他方面也是，您那溫暖的心意，妾身一直都十分珍惜。」

挽起自己耳後的髮絲，露出溫和的笑容，輝夜姬繼續說了下去。

「所以請您收下這件和服，雖然並不足以回報柳天雲大人恩情之萬一，但……如果讓妾身有這個機會聊表感謝，那妾身將會十分感激。」

將雙手放在大腿上，輝夜姬朝我深深一鞠躬。

面對她的鄭重其事，我急忙站起身，也對她回以鞠躬。

並且，因驚訝而產生空白的腦海裡，也像是拚命跑轉動滾輪的小白鼠那樣，試圖藉著狂奔來生出回應。

「啊……那些都沒什麼啦……呃……怎麼說才好，妳看，雖然我不太情願被硬塞職位，不過我不是怪人社的社長嗎？照顧一下社員也是理所當然的，沒錯吧？」

但是我的問話，反而讓輝夜姬愣住。

「妾身也算是怪人社的一員嗎？雖然之前桓紫音大人已經承認吾是『怪人社的盟友』，也歡迎妾身隨時過來……但妾身一直以為……自己終究只是個旁聽的外人。」

聽到這裡，桓紫音老師忽然從講臺上跳下，大踏步走過來，從後面伸出雙手托在輝夜姬的胳肢窩下，就這樣把她直接平舉。

被平舉的輝夜姬雙腳離地，她才剛剛凝聚而出的鎮定立刻被驅散無蹤，兩隻小腳在空中亂踢，眼睛也變成了漩渦的形狀。

「嗚……嗚啊啊啊啊啊啊——!!放開妾身，放妾身下來！呀啊啊啊啊啊啊啊啊啊——!!」

那聲量實在太大，讓人幾乎產生耳鳴。

啊……之前我好像也嘗試過這種事。看來被人這樣舉起，是輝夜姬的弱點。大概當時桓紫音老師看見了，偷偷記住了這點。

「輝夜姬唷，這是來自本皇女的懲罰！」

桓紫音老師哼了哼。

「為、為什麼要懲罰妾身!?」

輝夜姬還是拚命想要落地，但她的腳真的不夠長，所以情況看起來真的有點哀傷。

桓紫音老師沉默片刻。

「汝……早就是怪人社的成員之一了，不是嗎？跟大家一起吃飯、一起上課、一起玩耍、一起吵鬧、一起談笑——汝擁有的所有都跟其他社員一模一樣，為什麼汝沒有自覺呢？」

聽見桓紫音老師的說話，輝夜姬忽然不動了。

她停止了掙扎。

「……咦？」

抬起頭，看向頭頂上的桓紫音老師，輝夜姬的眼中充滿無法置信。

她慢慢複誦著桓紫音老師的話語。

「妾身……早就是怪人社的一員了……？」

就像害怕一切都是做夢那樣，聲音中還充滿疑惑。

桓紫音老師將輝夜姬放下，終於實現落地願望的她，卻一動也不動，陷入沉默中。

困惑。

不解。

……以及茫然失措。

被如此複雜的情緒所附體，輝夜姬怔住了。

這一切的遲疑，彷彿都來自她長久以來的煩惱——來自A高中的輝夜姬，得到認同的可能性究竟有多低，大概沒有人比她更清楚。

所以，在乍然得到如此巨大的認同感時，平常如公主般，總是努力保持著形象的輝夜姬……也陷入難以自制的失態。

「怪人社的一員嗎……？這樣子的妾身……？」

恍若想要得到眾人的首肯。

輝夜姬的視線，開始在整間教室內慢慢游移，朝著每個成員逐個看去。

而風鈴……雛雪……沁芷柔……桓紫音老師，每個人在接觸到輝夜姬的視線時，都對她點點頭，表示大家已經是夥伴。

最後，輝夜姬看向了我。

那眼神中，滿含自那過去的無數憂愁中……轉變而成的耀眼希望。

「……」

與輝夜姬相望的我，對她笑了笑。

接著，我抖開輝夜姬送我的和服，就這麼套在學校制服外，直接穿上，並繫緊腰帶。

「嗯，妳早就已經是怪人社的成員了哦。」

「……——!!」

輝夜姬的眼眶裡，忽然湧出大顆大顆的淚水。

接著她腿一軟，以迥異於平常正坐的散亂姿勢跪倒在地……流下一行又一行的眼淚。

於是。

「能成為怪人社的一員……」

在最後的最後，一邊流著眼淚，輝夜姬朝所有人低下頭，以帶著哭腔的聲調，回以充滿感激的話語。

「……妾身，不勝榮幸！」

夢。

怪夢。

「……」

火。

血與火。

「……」

於夜深夢迴時，那無數次閃現的血與火……再次蔓延至內心的陰影裡。

更加耐人尋味的是，這些夢……一點一滴地在推動場景，每次都有新的畫面出現。

這次……也不例外。

「……」

夢境中。

那是一個少年，他的背影蕭瑟而孤涼，獨自走在通往城堡最高處的路徑上。

在地上留下了一整行血淚，他終於到到達頂端，與門內的輝夜姬對峙。

輝夜姬表情中沒有怨恨，相反地，在這時候她卻開始關心起別人。

「其他人呢？為什麼……C高中只有您一人前來？」

「……」

少年沉默。

像是從對方的情緒變化中讀出了真相那樣，輝夜姬露出哀傷的表情。

「原來如此，您……究竟犧牲了多少東西，才走到了這一步？」

少年依舊沉默。

輝夜姬輕輕問：

「值得嗎？」

她的話聲很溫柔。

但是，似乎也正是那份溫柔，喚起了少年某些記憶。

「……」

聽見輝夜姬的話語，少年全身上下都在顫抖。

彷彿為了趕在自制心潰堤之前做出決斷，少年拋出了一顆白色的骰子，骰子在房間正中央迅速變大，形成比賽的場地。

瞭解到對方的意圖，正坐著的輝夜姬，朝著少年恭謹地鞠躬。

「妾身……想對您提出一個要求。」

「？」

「……請與妾身公平對決，就算敗給了您，至少讓妾身在死前……能夠再一次於寫作之海中遨遊，盡情享受文字的樂趣。」

聽到輝夜姬的要求，終於，沉默已久的少年……在這時候回話了。

「…………………」

我聽不清楚少年的回答。

但是，在不斷模糊的夢境中，我看見……輝夜姬落下眼淚。

上次的夢境，僅僅在這裡就中斷。

但是，這一次，這模糊的夢境繼續了下去。

「……」

經歷一番寫作對決，骰子房間內的光芒消失了。

少年與輝夜姬重新出現在房間內，但是，身體狀態一直不佳的輝夜姬，因為使出全力作戰，不斷吐出鮮血，已經虛弱到瀕死。

她原先如星夜般漂亮的紫色和服，此刻染上太多殷紅，看上去怵目驚心。

「……是妾身敗了。」

明明已經躺在地上幾乎動彈不得，但輝夜姬還是掙扎著爬起，以近乎匍匐在地的姿勢，朝對方低頭懇求。

「剩下的人，妾身的那些子民，對您……已經沒有任何威脅。請您放過他們，拜託了。」

少年的臉孔彷彿隱藏在闇影中，令人看不清他的長相，但還是能依稀察覺他搖了搖頭。

無論輝夜姬如何懇求，甚至潔白的額頭都磕到了地板上，少年依舊不為所動。

他這麼回答輝夜姬：

「在寫作這條路上，我已經成為了鬼。」

「所謂的鬼，就是吞食犧牲而成長，以殺戮成就大道——所以這些人，我一個也不會放過。」

輝夜姬還想說些什麼，但過於激動的情緒影響了她的傷勢，她又吐出一大口血，身體漸漸歪斜，就這樣倒地不起。

「……」

少年看了輝夜姬最後一眼，接著轉身離開，朝向出口走去。

「等……請您等一下！」

躺在地上的輝夜姬，勉強抬起頭。她伸出手，像是想抓住已經不存在希望那樣，五指向著少年的方向張開。

少年聽見輝夜姬的話，腳步一頓，但是他沒有回過頭。

在最後的這一刻，彷彿將內心所有的情感放進這句話中，躺在地上的輝夜姬，輕聲開口了。

「妾身送您的那件和服……您……還留著嗎？」

「……」

少年的腳步再次邁動。

在離開那寂寞的城堡頂端的同時，他將答案告訴了對方。

「為了變強，我早已捨棄多餘的累贅。」

「！」

我從惡夢中驚醒。

但是，剛剛的夢境已經化為類似記憶殘片的存在，我只能記得一點隱隱約約的景象……**血與火**，但實際發生了什麼事，卻根本想不起來。

但是，這一次又一次的惡夢，卻讓我心中的不安越來越濃烈。

似乎有某種不祥的事或物，正在變得越來越清晰，越來越接近……

第七章

在怪人社尋求平和是否搞錯了什麼

雖然作了奇怪的夢，但是依舊必須打起精神，來應付接連不斷的寫作課程。

這天放學後，因為桓紫音老師得去開校務會議的關係，我被吩咐先去搬運教學器材。

跑到遠處的J大樓，目標是三樓的儲藏室。

但是，才剛爬上二樓樓梯轉角，忽然「砰」的一聲，有人一腳踩在牆壁上，用腳擋住我的去路。

對方是一個金髮碧眼的女學生，身材雖然苗條，但胸部卻相當豐滿，而且長相也很漂亮，是個難得一見的美少女。

因為她穿的是制服短裙，所以採取這個舉動時，白皙的腿看起來非常顯眼，還差點露出內褲。

……是沁芷柔。

依舊像個小混混一樣，把一隻腳抬起踩在牆壁上，沁芷柔露出極度不爽的表情。

「人家已經聽說了。」

她又滿懷不悅地冷哼一聲，

「啊？聽說什麼？」

情況好像不太妙，但我還是硬著頭皮把話問出口。

「少裝蒜了，你這花心大蘿蔔！上次輝夜姬不是說你背過她嗎？結果我去向其他人打聽，才發現怪人社所有女孩子，幾乎都被你背過了!!」

「呃……」

所以呢？我一時不知道該怎麼回應。

看到我困惑的表情，沁芷柔的臉氣憤到微微漲紅。

「所！以！說！本小姐剛剛說，『幾乎』所有怪人社的女孩子都被你背過了！」

她刻意強調「幾乎」這兩個字。

有嗎？

雛雪……風鈴……輝夜姬，啊，這麼一數還真的，除了桓紫音老師與沁芷柔之外，我幾乎都……

在心裡思考的瞬間，我忽然領悟到沁芷柔憤怒的關鍵。

這個「幾乎」的名單裡，漏掉了眼前這個生氣攔路的少女。

「咳，但是妳想想，那些都是不可抗力不是嗎？雛雪是自己硬趴上來的，風鈴那是不可抗力，輝夜姬是因為身體真的不好……」

「……嗚。」

我的解釋還沒說完，沁芷柔的臉就越漲越紅，還發出輕微的嗚嗚聲，好像我正在欺負她一樣。

但是，我從來沒有看過伸出腳踩在牆壁上攔路的被欺負者。

「煩……煩死了！總之既然是同一個社團的成員，為了公平起見，總不能她們有，而我沒有吧！」

臉紅到不行的沁芷柔，再次倔強地提出反對意見。

「好好好，我背妳就是了……不過只能到三樓為止喔，我還要搬教學器材呢。」

現在已經到二樓樓梯口了，這樣只要背一層樓就可以了。

不過會為這種奇妙的事而在意，女孩子真是令人猜不透心意的生物。

於是我彎下腰，讓沁芷柔爬到我的背後。

沁芷柔以雙手勾著我的脖子，我伸手往後勾住她的大腿，等到她身體足夠穩定後，我才慢慢站起身。

「……唔。」

才剛站起身，因為身體貼得很近，我頓時感受到背後有柔軟的肉感。而且隨著上樓梯時的震動，大概是她胸部緊貼著的地方，也不斷產生富有彈性的壓迫感。

沁芷柔並不胖，該瘦的地方都非常纖細，這些肉感，幾乎都堆積在大多數女孩子夢寐以求的部位。

「會、會很重嗎？」

沁芷柔緊張地問。

「……很重。」

剛說完，我的頭頂馬上吃了一記手刀。

「開玩笑的啦！一點幽默感都沒有，妳這樣還算是輕小說家嗎！」

我忍不住大叫。

「人家才不需要這種玩笑!!」

沁芷柔用更高的音量喊了回來。

「……」

很快，往三樓的樓梯已經走了一半，這時候沁芷柔忽然安靜下來。

啊……安靜了嗎？真好。那我就快點把這段路走完，然後去搬教學……

「……柳天雲。」

心裡的盤算還未結束，沁芷柔就打斷我內心的臆想。

「那、那、那、那個……人家有話想問你。」

吞吞吐吐地將話說完，這個距離我能聽見她緊張吞嚥口水的聲音。

我並不出聲，靜靜地等待她說下去。

「就是呀……那個……雛雪跟狐媚女好像都問過的……那個……就是……」

我感覺到沁芷柔的身體越來越燙，彷彿她光是要問出這個疑惑，內心就必須經過無數掙扎。

過了好久，就在我即將踏上三樓走廊時，沁芷柔才終於鼓起勇氣，在我耳邊把疑惑問出。

「那個……大嗎？」

說話時，她的胸部緊緊貼著我的後背。

我忍不住想要嘆氣，果然又是這個問題嗎？雛雪這傢伙到底要荼毒多少人才甘心。

大概是雛雪又慫恿了沁芷柔過來讓我「背背」，並引誘她問出這個問題。

幸好，沁芷柔問出這個問題，我並不需要撒謊。

於是我坦承以告。

「……很大。」

「嗚！」

沁芷柔把臉靠在我的脖子上，我能感受到她臉上究竟有多燙。

與此同時，我已經做好之後要去找雛雪算帳的心理準備，不要總是出一些餿主意啊！

說實話，我本來以為會就此結束。

可是，我意想不到的是……沁芷柔竟然又問出第二個問題。

「是、是目前為止最大的嗎？」

背後的聲音，非常害羞地發問。

……呃!!

內心的防線有一瞬間被沖垮，但我還是勉強防禦住這波攻勢。但是這個問題其實也並不難回答，怪人社應該每個人都知道答案。

但是沁芷柔的語氣，似乎很想聽我說出答案。

考慮片刻後，我有點尷尬地進行回答。

「呃……嗯，是目前為止最大的沒錯。」

「這、這樣啊！原來如此！」

沁芷柔感覺很開心，語氣也忽然驕傲起來。

……必須找雛雪算的帳又多了一條。

「那、那、那麼是所有人裡面最軟的嗎？」

我心中對於雛雪的氣憤逐漸提升，這時背後忽然又傳出新的問題。

「……!!」

雛雪——!!我忍不住在心裡大叫出聲。

妳就算人不在現場，也可以這樣氣人的嗎——!!

原來我一直低估了雛雪，她的氣人天賦絕對不止MAX，必須用另外的新名詞去加以讚譽。

沁芷柔似乎還在等待我的答案。

但是，這次我根本不知道答案，就算知道答案大概也說不出口。

「我……我不知道啦……雛雪那個傢伙真是的……回去我一定要向她認真抱怨!!」

「也、也是呢，啊哈哈哈哈哈哈——」

於是我們兩個就這樣乾笑，一直走到儲藏室門口為止，沁芷柔從我背後下來時，臉蛋還是紅通通的。

超尷尬。

簡直尷尬到想死。

幸好因為要搬東西的關係，我跟沁芷柔避開了說話的機會，兩個人分別抱起高高一疊書本，往教學慢慢走去。

走路過程中，我們兩人都不講話。

我不禁這麼想：這樣簡直像是要藉著書本的遮掩，來逃避對方的視線呢，感覺起來真哀傷。

～～過了十分鐘～～

我們終於抵達社團教室。

看到我們手中拿著那麼多書本，風鈴與輝夜姬立刻過來幫忙。

但是輝夜姬的身體並不好，我們勸她回去休息時，累到不斷擦汗的輝夜姬卻堅持要幫忙。

「妾身也是怪人社的一員，這可是諸位大人親口承認的……既然如此，妾身又怎麼能袖手旁觀呢？」

啊啊……這孩子真是天使。

跟某人差距實在太大了！雛雪在我心中已經變成長著惡魔角跟翅膀的形象。

終於，把手上的書本都擺到定位後，我立刻往雛雪的座位衝去。

「雛雪～～～～!!」

散發出自己都嚇一跳的氣勢，我跑到雛雪面前。

「？」

無口人格的雛雪正在畫畫，雖然她就算面無表情的樣子看起來也很漂亮，確確實實是個美少女，但深知雛雪有多可惡的我，可不吃美人計這一套。

「學長有什麼事？」

雛雪舉起繪圖板，寫字與我溝通。

等雛雪寫完字，我立刻回應她。

「妳慫恿沁芷柔過來找我了吧！而且都問一些奇怪問題！」

「一些？」

「別裝傻了，全都是妳指使的吧！」

「……雛雪只慫恿沁芷柔學姊問一個問題而已，請相信雛雪。雛雪雖然非常喜歡色氣的問題，但絕對不會對學長撒謊。」

「咦？」

我愣住了。

如果雛雪沒有撒謊，難道說……

我慢慢轉頭向沁芷柔看去，沁芷柔原本偷偷在看我們這邊，這時她快速迴避我的視線，整張臉都紅了起來。

「……學長真是太過分了，用這麼凶的態度來興師問罪，請對雛雪道歉！」

雛雪又舉起繪圖板。

看看沁芷柔，又看看雛雪，我思緒忽然有點紊亂。

「那、那個……沁芷柔？」

在雛雪的擠兌下，我忍不住出聲追問假裝沒聽到的沁芷柔，還一連問了三次。

但事實證明，這行為似乎並不是明智之舉——因為害羞到極點的沁芷柔，像是理智線忽然斷裂那樣，一邊紅著臉「嗚哇啊啊啊啊啊啊啊吵死了吵死了吵死了！人家就是想知道不行嗎！你吵死了!!」這樣大叫，同時哭著跑出教室外，不知道跑到哪裡去了。

「……」

一邊向外面追去，我忍不住嘆氣。

果然……這間社團的成員幾乎都是戰鬥力破萬的怪人啊。

再次體會到這點的同時，我也把這次的經驗做為警惕，並牢牢記在心中。

離最終一戰，時間越來越緊迫，現在只剩下兩個月左右的時間。

這天我踏入怪人社準備參加社團活動，因為不小心來得太早了，教室內只有雛雪一個人。

才剛剛見面，雛雪就已經是痴女人格的狀態。

她瞇起眼睛盯著我，愛心眸不斷散發出桃紅色光芒。

「……學長，請過來一下。」

但是雛雪乍看之下還算冷靜，所以我猶豫過後，還是靠近過去。

「有什麼事嗎？」

我問。

雛雪指指自己的嘴角，又指指我。

「……沒有擦乾淨呢，學長。」

「啊？我嘴角有東西沒擦乾淨嗎？」

「……嗯，偷腥的痕跡。」

「什麼？」

我被雛雪突如其來的話語擊倒，一時想不出回答方式。

雛雪靠了過來，伸手指往我的胸膛一戳。

「學長！你仔細想想，先是跟沁芷柔學姊跟風鈴一起去參加友誼賽對吧？再來是勾搭輝夜姬，後來又跑去背沁芷柔學姊，你最近除了氣沖沖地跑來誣陷雛雪之外，完全沒有搭理過雛雪唷！這簡直跟在外面偷腥始終不回家，偶爾回家就打老婆的壞男人一樣唷！真的太壞了哦！在這種情況下，獨守空閨的雛雪都煩惱到差點沒辦法畫畫了！」

「等等，妳的抱怨臺詞也太長了吧！妳講話都不用換氣的嗎!!」

「雛雪都已經被氣飽了！怎麼會需要換氣!!」

她每說一句話，手指就用力戳一下我的胸膛，也讓我後退一步，直到我被逼到教室角落，背脊都貼在牆壁上為止。

「所以說〜〜!!因為學長的緣故，雛雪煩惱到快要沒辦法畫畫了！如果因為缺乏插畫寫不好，正式比賽輸掉的話，一切都是學長的責任唷！」

「跟、跟我有什麼關係啊！講點道理啊！」

「嗚啊——!!學長好過分，真的太過分了哦！明明已經從雛雪那邊奪走好多珍貴的東西，卻轉身就不理雛雪，真是超級負心漢！雛雪難過到快要融化了，啊……啊啊……好像已經開始融化了，從內心負責感情的那部分開始融化了!!」

雛雪的身高明明比我矮很多，即使我已經被逼到牆角時，她那小小的臉蛋也必須仰視我，但是她那種理所當然的態度，散發出一種強大的氣勢，竟然讓我開始思考自己是不是做錯了什麼……

不不，除了誤會雛雪慫恿那邊，我完全沒有過錯吧。

「總之，學長必須負責。不然雛雪等一下上課時就會在地上打滾，說被學長傷透了心。」

「妳……妳……」

算我服了妳……

我又開始想嘆氣了。

總覺得最近因為這些少女嘆氣的次數特別多。

說起來，好像之前也發生過類似的事，不過那次我是被雛雪騙去調戲沁芷柔。其實風鈴、沁芷柔、輝夜姬她們雖然都有任性的時候，也各自有各自的想法，但整體來說我還能應付，唯獨雛雪……我對她一點辦法也沒有。

「好吧……那麼我該怎麼負責呢？」

為了在其他人來之前解決事情，我很乾脆地切入正題。

雛雪發現我同意，頓時露出大大的笑容。

……哼，就算妳露出很可愛的笑容，我也不會因此上當喔，妳這沒有翅膀跟尾巴的惡魔！

她跑到自己的位置上，先小心翼翼地觀察有沒有其他人在附近，接著才壓低聲音對我解釋。

「學長……雛雪偷偷帶了一本不能讓其他人看的漫畫過來，你只要翻幾頁，就能瞭解雛雪的想法了。」

一本不能讓其他人看的漫畫？

「是色色的漫畫嗎？」

「啊，如果是色色的漫畫，雛雪的抽屜內很多，隨時歡迎你們取閱唷。順帶一提，雛雪喜歡鬼畜系列的。」

「……」

當我沒問。

接著，雛雪謹慎地從抽屜裡拿出一本漫畫，

漫畫名是《鏘☆鋃★！隱身吧，忍者森次郎！》。

「……」

我沉默。

光是看到名字就足以讓人陷入沉默，這漫畫從某種程度來說也挺厲害的，但是這取名品味總覺得好熟悉……

我把漫畫翻到書背，作者的位置上印著「雛雪」兩字。

「作者果然是妳嗎，這取名品味!!」

我忍不住大叫。

之前有一次，為了幫助雛雪突破繪畫瓶頸，我與雛雪一起進入虛擬世界販賣漫畫同人本。那時候雛雪幫漫畫主角取了一個叫「薩魯曼・科博維奇多・火獄・劍助」的奇葩名字，到現在我都無法忘懷。

「……學長真是愛記恨，小心眼，小氣死了！這樣會沒有女人緣哦！除了怪人社成員之外沒有女人會喜歡學長哦！」

「哼，我可是獨行俠啊，沒女人緣什麼的，完全無關緊要。」

面對雛雪的警告，我完全不以為意。

又跟雛雪吵架幾句之後，我們終於進入正題，開始翻閱這本漫畫。

漫畫共有十八頁，雛雪的畫工確實很精緻，但劇情就令人不敢恭維。

《鏘☆鋃★！隱身吧，忍者森次郎！》這本漫畫是在敘述一個名為森次郎的忍者，因為二哥林小郎跟大哥木大郎太過優秀，為了擺脫身為老么的陰影，決心開發新忍術「隱身術」來超越兩名哥哥的故事。

「所以這個……森次郎，他為什麼頭上一定要戴南瓜帽？」

剛翻了幾頁，我忍不住提出疑問。

「因為他是忍者呀……學長真是無知。」

「……」

我無言，繼續翻閱漫畫。

「好吧，那這個……二哥林小郎，他頭上為什麼要戴廚師帽？」

「因為他是忍者呀……學長真是無知，居然連問兩次，真的太傷雛雪的心了！雛雪真的會生氣哦！」

「……」

好吧，我決定接下來見怪不怪。

但是接下來開始出現正常人物。

身為森次郎跟林小郎的兄長，大哥木大郎不止身穿正統的忍者套裝，手上拿的也都是忍刀或苦無之類的正宗忍者兵器，在這個充滿怪異人物的漫畫裡，簡直就是這部漫畫裡的清流！

不知不覺，我已經會為了看到正常人而感動。

於是，我決定把木大郎列為「這部漫畫裡最喜歡的人物」。

「……欸？」

看到我在翻閱有關木大郎的漫畫頁數，雛雪狐疑地盯著我看。

盯～

她彎腰從椅子旁邊盯著我的表情看。

「……」

盯～～～～

最後雛雪忍不住發話。

「……學長，你為什麼沒有笑？」

「什麼？這裡我應該笑嗎？」

但是這裡是木大郎正在辛苦修煉忍術的片段，他在在烈日下揮汗如雨練習替身術的樣子，既熱血又令人動容，怎麼看都不是搞笑橋段。

「……!!」

雛雪露出不敢相信的表情。

她那表情，就好像我是一個完全不懂漫畫的人，既替漫畫的角色感到惋惜，又痛心於自己的才能沒有受到欣賞。

從我的手中搶過漫畫，雛雪把漫畫朝向我打開，雙手向我伸來，將木大郎練習忍術的那一格貼到我臉上。

「所——以——說~~!!這個叫做木大郎的角色，不是跟別的角色穿著不一樣嗎？雛雪可是耗費苦心才製造出這種笑點的喔，一個正常的忍村裡，有一個角色穿著奇裝異服認真地練習忍術，這本身就是最大的笑點吧!?」

漫畫從我臉上滑落。

我抓住雛雪的手，露出跟她一模一樣的表情。

於是，我們兩個人就這樣維持著不敢相信的表情互相注視。

接著，我想起某些事。

「等等……雛雪，妳還記得嗎？之前有一次我們在虛擬實境裡玩忍者遊戲，我抽到上忍，而風鈴、沁芷柔、輝夜姬、桓紫音老師她們也擔任上忍或中忍等等……並且各自有各自的階職與分工，那次妳也有一起玩……妳還記得嗎？」

面對我的提問，雛雪模仿著搶答節目裡按鈴的樣子，接著得意地挺起胸口。

「哼哼，雛雪當然記得喲！」

「好，那妳回答我，那次妳擔任什麼職業？」

「魅魔!!」

「胡說八道！是忍者！」

還記得當時在進行小隊磨合時，身為隊長的桓紫音老師向大家提出問題，當時她問雛雪：

「闇黑繪手，汝是什麼類型的忍者？」

「是——這——樣——子——的——!!雛雪是～～專精房中術的忍者哦，嘻嘻。」

「開除。」

之後，因為說話再度刺激到桓紫音老師，雛雪就這麼直接被桓紫音老師暗殺出局，明明是隊友來著的。這也證明雛雪有多麼擅長惹惱別人。

而過了好一陣子，現在再問雛雪，她的回答甚至變成了魅魔，這要我怎麼不崩潰，怎麼去直視雛雪這部忍者漫畫！

似乎不滿我剛剛的態度，雛雪噘起嘴脣抗議。

「學長，你根本不懂漫畫！」

「是妳根本不懂忍者！」

我們兩人互瞪。

最後，意識到時間已經不多了，再拖延下去怪人社其他成員就會抵達，於是我嘆了口氣，首先投降。

「好吧……不管怎麼樣，妳給我看這部漫畫，就是希望我幫助妳進步對吧？」

「嗯、嗯嗯！沒錯！」

「那我從哪裡開始給妳建議，從……角色的設定嗎？」

「不，那些雛雪都會了。」

聽到這個回答，我的嘴角微微抽搐，但還是忍住吐槽的衝動。

「這、這樣啊……那妳希望聽到哪部分的建議呢？」

「學長真是遲鈍呢，漫畫主旨是『森次郎努力想要學會隱身術』吧？所以雛雪想要來詢問學長。」

哦，原來有明確的目標啊，那就好。

我鬆了口氣，同時暗自慶幸雛雪畢竟有小部分是正常的。

「那麼，妳要詢問我什麼？」

「雛雪不會隱身術，畫不出那種感覺……」

「所以呢？」

「所以學長，傳授雛雪隱身術吧。」

「我最好是會!!」

——!!

我感到自己額際的血管差點爆裂。

原來血管差點爆裂，會發出「嗶」的一聲啊。

但是，就算局面已經到了這種地步，我還是努力想把話題導回正常人的溝通範圍。

「不、不如這樣吧……」

糟糕，是血管差點爆裂的影響嗎？我的聲音竟然在發抖。

「嗯，學長請說。」

「妳去請桓紫音老師幫妳怎麼樣？使用她那邊的『轉轉忍者君』進去虛擬世界的話，肯定就可以使用隱身術了。」

雛雪一愣。

接著她搖頭拒絕。

「不行，拜託學長的感覺，跟拜託老師的感覺不一樣。」

「哪裡不一樣了啊！」

「因——為——呢，學長跟雛雪隨時可以連成一體唷！心理上！」

「請妳說同心協力好嗎？」

「但是那樣說的話，生理上就不能連成一體了。」

「妳到底有多想連成一體啊，妳這變態！」

「喵哈哈哈哈哈，畢竟文字不是雛雪的專長呢，雛雪不懂喵。」

「賣萌也沒有用！」

總覺得長時間跟雛雪對話，對心臟會造成很大的負擔。

只是，雛雪貌似很認真地在思考這個問題，有關「在現實生活中學習隱身術做為漫畫參考」這件事。

藉著晶星人道具的幫忙還有可能，畢竟晶星人的科技力在我看來幾乎是萬能的。可是雛雪偏偏又不想拜託桓紫音老師，既然這樣，思路就陷入了死胡同中，再也繞不出來。

「唔……嗯……」

把雙手抱在胸前，雛雪露出用心思考的表情。

雖然對方很認真，我卻只感到滿滿的無力。

「不如放棄吧？下次我再幫妳研究別的漫畫……」

「不行，半途而廢未免也太遜了，學長，你這樣對得起漫畫中努力練習隱身術的森次郎嗎!?」

「我覺得只要對得起現實的極限就可以了……」

「壞蛋學長!!」

生氣地用額頭撞我的額頭，雛雪明明是攻擊我的人，自己卻痛呼一聲。

只是。

只是，在痛呼過後，不知道是不是剛剛撞到腦袋反而擦出了什麼火花，雛雪的眼神竟然漸漸明亮起來。

「有了……雛雪想到了！如果一個人沒辦法使用隱身術，那就兩個人一起施展不就好了嗎!!」

也就是說，施術者從一個人變兩個人。

但我並不覺得這是一個很好的建議，因為感覺上不是人數的問題……

我老實地將感想告訴雛雪，雛雪卻哼了一聲。

「那麼，學長，我們來打賭吧？如果兩個人可以使用隱身術，成功的話，學長必須贈予雛雪『一次絕對不生氣的權力』！」

從她那鄭重的態度看來，似乎真的是想打賭。

於是我打算問個清楚。

「一次絕對不生氣的權力？」

「是的，從今往後，不管雛雪犯了什麼錯，只要使用了『一次絕對不生氣的權力』，學長就必須無條件原諒雛雪一次。」

「不管犯什麼錯？」

「是的，就算學長早上醒來，發現處男之身被雛雪奪走了，如果雛雪使用了這個權力，也不可以生氣的意思。」

「……這樣啊。」

「啊、還是說，處男之身被雛雪奪走的話，學長會很高興？」

「……收起妳躍躍欲試的表情！」

總之，我們約定了這個打賭。

賭賽內容是「兩個人一起使用隱身術，至少一個人在所有怪人社成員面前隱身成功」，規則限制有「我必須絕對配合雛雪」、「不能藉助任何晶星人道具幫助」這兩條。

如果雛雪賭贏了，將贏得她剛剛說的「一次絕對不生氣的權力」。

反過來說，如果隱身術被證明無法實行，雛雪就放過我，不再找我研究《鏘☆鋃★！隱身吧，忍者森次郎！》這本漫畫，並且原諒上次我誤會她的事。

這時，從遠處的走廊處，已經響起腳步聲。

因為怪人社的社團教室很偏僻，所以只要有腳步聲，肯定是有社員在接近。

時間已經不夠了。

或者說，雛雪要用來獲勝的時間已經不夠了。

我不知道雛雪打算怎麼隱身，但只要有社員同時看見我們兩人，有人在監視時，就不可能隱身成功了吧？

雖然抱持著輕鬆獲勝的心態，但我還是發問：

「妳說的『兩個人的隱身術』要怎麼使用？」

「……吶，學長，規則你還記得吧？你必須絕對配合雛雪。」

「嗯。」

「那麼——讓我們開始吧，兩個人的隱身術!!」

雛雪話剛說完，接著忽然開始拉下卡通熊熊套裝的前襟拉鍊，露出裡面的短袖制服。

因為平常習慣雛雪穿奇特的動物套裝，所以乍看之下，穿制服的雛雪有點違和感。

這時雛雪已經把熊熊套裝的拉鍊一直拉到腳部，露出一個很大的空間。

「學長，進來。」

「啊？」

我大吃一驚。

「躲進來！快！」

雛雪則再次命令。

咚、咚、咚、咚、咚——

我還來不及仔細思考，怪人社成員的腳步聲就已經逼近。

於是我鑽進了熊熊布偶裝裡，躲在雛雪身後，整個人抱住雛雪的腰部，盡量貼合雙方的身體以節省空間，接著雛雪硬是把空間擁擠許多的熊熊布偶裝拉上了。

由於熊熊套裝的尺寸對我來說有點小，所以我必須彎下膝蓋，頭也必須低著才不至於讓布偶裝變形。

咚、咚、咚、咚、咚——

喀啦——

怪人社的大門被拉開了。

「下午好，雛雪。」

是風鈴的聲音，她對雛雪打招呼。

接著是拉開椅子的聲音，風鈴大概坐下來了。

「這、這就是妳說的『雙人隱身術』嗎？」

趁著空隙，我在雛雪耳邊小聲地說。

「確實她們看不到我了，但是怎麼可能不被發現啦，我們兩人塞在布偶裝裡，看起來這麼臃腫！」

「那學長就把身體縮小一點、貼得再近一點！如果不全力配合雛雪，就算學長輸了唷！」

雛雪也小小聲地回應我。

但是她雖然音量很小，那語氣卻充滿強烈的求勝心。

唔……!!

接著我忽然發現，這布偶裝的腰圍處特別窄小，似乎有特別設計過。

所以我如果雙手圈著雛雪的腰部，在外面看起來腰部就會浮腫起一圈，怎麼看怎麼可疑。

剛剛進來的人是風鈴，大概因為要幫忙準備上課教材的關係，所以忙碌的她才沒有第一時間發現……但是等一下沁芷柔以及輝夜姬一進教室，大概這個「雙人隱身術」會馬上因為這點而破功吧。

因為雛雪可以看見外面，大概她也發現了這一點，於是立刻要求我補強缺失。

「……學長，把你環抱的手臂往上移。」

我往上移動了一點，從觸感來判斷，現在應該抱到了小腹上。

「這裡嗎？」

我緊張地問。

「再上面一點！快點，好像又有人靠近了！」

咚、咚、咚、咚、咚——

果然走廊又響起了腳步聲，這次的腳步聲很急促，有八成以上的可能性是沁芷柔。

於是我再次上移，這次應該抱到了肚臍附近的位置。

「……學長，有人肚臍附近腫起來的嗎？」

「呃，我想沒有。」

咚、咚、咚、咚、咚——

沁芷柔的腳步聲已經近在門口。

可能是因為著急的關係，這次雛雪直接用自己的手把我的手臂往上用力一提，抱在她滿意的位置上。

「好了，抱在這裡應該破綻就比較小了。」

雛雪似乎稍微放心了。

但是——我還抱雛雪的手臂，此時卻感到一陣柔軟。

……好軟。

就算不用眼睛看也能瞭解，我現在手臂大概陷進了她的胸部裡。因為雛雪的胸部很大的關係，所以有充足的肉量與柔軟度承受手臂的向內擠壓，不至於從外面看起來太奇怪。

但是，就算從外面看起來形狀不至於奇怪，因為手臂圈起的範圍肯定比原本雛雪的胸圍還要大，所以也只是破綻稍微變小而已。

喀啦——

沁芷柔拉開大門，走進教室。

「嗯？」

我聽見沁芷柔發出疑惑的聲音。

接著她向雛雪走近，在雛雪面前三步處停下。

「悶騷Ｂｉｔｃｈ……妳竟然……」

糟糕，被發現了嗎？

就在我以為完蛋的時候，沁芷柔繼續把話說了下去。

「哼，妳竟然墊了胸墊嗎？形狀都墊得奇怪起來了。」

「啊哈哈哈哈……雛雪不知道哦。」

回以非常生硬的乾笑聲，雛雪的演技似乎不太好。

但是，幸好沁芷柔以為那份生硬是胸墊被發現的心虛，於是又哼了一聲，回到位置上就座。

又、又撐過一個人了……

這樣子說來，只要再瞞過輝夜姬跟桓紫音老師的眼睛，就是雛雪的勝利。

接著是輝夜姬。

乘坐魔毯飛進教室的她，完全沒有事先的腳步聲。

「……啊！」

發現今天的雛雪有點奇怪後，輝夜姬向雛雪飛來。

「雛雪大人……您是不是變胖了？是冬天吃太多的關係嗎？」

「啊哈哈哈哈，對、對呀！雛雪一不小心就吃太多了呢！」

雛雪再次回以一聽就非常心虛的乾笑聲。

……竟然輝夜姬這關也過了。

不過想想也是，風鈴、沁芷柔、輝夜姬其實都或多或少帶有一些迷糊屬性，要瞞過的成功率還是偏高。

然而，整個怪人社內最精明的大魔王——桓紫音老師即將降臨。

躂、躂、躂、躂、躂……

不愧是大魔王，連腳步聲也跟別人不一樣。

走進教室時，桓紫音老師果然注意到雛雪的異樣。

「……闇黑小畫家。」

「是、是的，雛雪在這裡唷——!!」

一被點名，就以驚人的速度高高舉起右手，雛雪的演技還是太僵硬了。

桓紫音老師繼續說了下去：

「汝……為什麼不坐下來？」

啊！

這時我才想起這個「雙人隱身術」最大的破綻在哪裡。

那就是坐下。

剛剛一直都是站著蒙混過關，但是只要坐下，因為我站在後面的關係，坐下就等於雛雪會坐在我的大腿上，在桓紫音老師看來，就像憑空懸浮那樣神奇。

如果憑空懸浮起來，「啊哈哈哈，雛雪不知道喲——」這種理由，不管怎麼看都會局面大爆炸。

而且先不提賭約的勝負，光是想到如果被發現「柳天雲跟雛雪緊緊貼著躲在布

偶裝內」，我會遭遇什麼樣的後果，就讓人忍不住開始發抖。

整個怪人社裡，肯定會掀起像核彈轟炸一樣的激烈反應吧。

所以不管怎麼樣，至少不能現在被發現。

可是——現在面對桓紫音老師坐下的要求，如果沒辦法照辦，起疑之下她走近觀察，肯定會發現事情的真相。

已經是四面楚歌。

完全是騎虎難下。

現在這種情況——已經是毫無任何生路，被徹底將死的絕殺之局。

「……」

鏘、鏘、鏘、鏘、鏘、鏘……

就在我束手無策時，轉機忽然出現了。

走廊上再次傳來了異樣的腳步聲。

鏘、鏘、鏘、鏘、鏘、鏘……

那聲音，就像有沉重的鐵器在地上輪流敲打那樣，完全不像普通人的腳步聲。

……唔？

明明我就在這裡，而且雛雪、風鈴、沁芷柔、輝夜姬、桓紫音老師等怪人社成員也全部到齊了，怎麼還會有腳步聲向這裡靠近呢？

只是，知道這點的只有我跟雛雪而已。

認為我還沒進教室的其他人，很自然地就認為那個腳步聲是我發出的噪音。

「零點一那傢伙在搞什麼鬼——!?吵死了!!」

「前、前輩？」

「柳天雲怎麼了嗎？」

「……」

除了輝夜姬不講話之外，其他人全部都擠到了教室門口，探頭出去打算看看「柳天雲」在做什麼。

趁著這個機會，我立刻從雛雪的熊熊套裝裡脫身，並躲在放掃地用具的鐵櫃裡。

「……」

在那脫身過程中，唯一沒有跑到門口的輝夜姬，親眼目睹了我跟雛雪的一切行動。

她看到我們著急的表情，卻朝我們露出一個微笑，比出OK的手勢，示意她會保密。

「……畢竟，替夥伴守護祕密，也是大義的一環呢。」

低聲朝我們做出保證，接著輝夜姬就這麼坐在座位上悠閒地泡茶。

這時，門口的三人組，在不知情的情況下，卻滿懷疑惑地發言。

「……怎麼有一個鎧甲人在朝這裡走來？而且走得好慢！那是零點一嗎？」

桓紫音老師困惑地道。

「那個……那鎧甲的造型好像……有點眼熟……」

風鈴觀察了一陣子，忽然不太確定地道。

「嗯……我也覺得眼熟……那造型是不是跟『武將雷神』有點相似呢……但穿起來鬆垮垮的醜了好多……也沒有雷神的霸氣，腰際也沒有『雷切』。」

這次輪到沁芷柔發表意見。

就在門口三人組你一眼我一語猜測時，整條走廊上……不，整棟教學大樓忽然響起了悲憤的高喊聲。

「柳天雲——!!給我滾出來——我要殺了你!!」

「你給了輝夜姬公主什麼爛建議，害我現在變成這副模樣!!」

這聲音……聽來很熟悉啊。

而且稱輝夜姬為公主，又能來到C高中的，貌似只剩下一個人了……

過了一下子，拖著沉重的腳步，那「鎧甲人」抵達怪人社的門口。

躲在鐵櫃的透氣孔，我看見他的模樣。

果然這傢伙的造型跟「雷神」有八成相似，但這副鎧甲在重要的關節處卻製造得很差，導致行走上會更加困難。而且，像是為了刻意增加帥氣程度那樣，板甲或肩甲被加厚了好幾倍，看來這副連身鎧甲，重量至少也有兩百公斤。

泡好了茶，已經開始悠哉喝茶的輝夜姬，這時看向了門口。

「……小飛羽，別這樣，過來喝茶。」

「是！」

果然這人是飛羽嗎……但他為什麼會穿著這副鎧甲，又為什麼一出現就喊著要殺了我呢……

我百思不得其解。

拖著滑稽的沉重腳步，飛羽在輝夜姬對面的椅子坐下，卻立刻坐垮了椅子跌倒，而且像烏龜一樣四腳朝天，沒辦法自己爬起身來。

「……」

被怪人社內所有少女盯著看，飛羽的面部鎧甲，彷彿都要透出因臉紅而冒出的熱氣。

「柳天雲——我要殺了你——!!要不是你建議讓我穿鎧甲，我也不會變成這樣——!!」

啊……

飛羽這麼一吼，我忽然知道為什麼了。

「呃……輝夜姬，我有個提案。不如……我們把『雷神』的素描圖畫出來，再借妳一臺可以製造鎧甲與武士刀的晶星人機器，妳把這些東西都帶回去，讓飛羽……扮成那名武士給妳看，這樣可以嗎？」

反正秉持著「守護之道」的飛羽原本就扮成騎士，既然是這樣，那現在把職業換成武士，應該也差不多吧？大概。

沒想到當初隨口提出的建議……輝夜姬竟然採納了啊。

「騎士跟武士可差多了，完全不一樣，完全是天差地遠──利用輝夜姬公主的渴望，逼迫我飛羽不得不屈膝於此，我一定要殺了你──柳天雲──!!」

眼看飛羽連爬都爬不起來，更別說殺我了，於是我放心地從鐵櫃裡走出去。

「啊！零點一！」

「前輩！」

「柳天雲，你怎麼藏在鐵櫃裡？」

面對眾人的發問，我早已想好說詞應對。

「藏？錯了，我柳天雲……沒有藏。」

於是我按住臉，開始笑。

開始大笑。

那笑聲遠遠傳了出去，大概也傳遍了整座教學大樓。

接下來，將銳利的眼神從指縫中透出，我道出關鍵性的臺詞。

「……藏起的不是我，而是命運！」

面對我的說詞，怪人社內頓時譁然。

「我要殺了你──絕對──!!」

「啊啊……果然中二病又犯了嗎？零點一。」

「前、前輩，您還好嗎？」

「柳天雲，你腦袋沒問題吧？」

但是，我並不理會眾人七嘴八舌地詢問，自顧自地拖過一張椅子，在輝夜姬面前坐下，替自己倒了一杯茶，一飲而盡。

於是我又開始笑。

「哼哼哼……哈哈哈哈哈哈哈哈……好茶，不……好酒！」

一邊笑，我開始吟起詩句。

「白髮漁樵江渚上，慣看秋月春風——

「一壺濁酒喜相逢，古今多少事，都付笑談中！」

於是真的在笑談中，怪人社的氣氛也笑談起來。

「殺了你——脫下鎧甲之後就殺了你——!!」

「零點一，吾要上課了啦！再擾亂就把汝浸入血之池泡個三天三夜哦！」

「前、前輩，需要風鈴幫您倒茶嗎……？」

紛紛擾擾。

這局面……紛紛擾擾。先是雛雪的漫畫忍者藝術感，再到「雙人隱身術」躲入布偶裝……最後是飛羽出現，情況有如棋盤般錯綜複雜，但我柳天雲依舊還是破了……徹底破局！

「好茶……好破局……好柳天雲！」

我忍不住都要佩服自己的機智。

於是，在一陣騷亂中，這天就這樣順利度過。

至於飛羽有沒有從武士變回騎士，那又是後話了。

飛羽大鬧怪人社後的隔天。

在其他人都離開社團教室後，一直磨磨蹭蹭整理和服不走的輝夜姬，慢慢向我走來。

接著，她朝我發話。

「妾身最近總是忍不住在怪人社裡，待到越來越晚……總是早出晚歸，這對妾身的子民來說，可不是一個好的示範呢。」

輝夜姬有點頑皮地朝我眨眨眼。

她繼續說了下去：

「對了，柳天雲大人，您知道什麼是幸福嗎？」

「……」

「妾身曾經在一本書上看過這樣的句子：『人總是在接近幸福時備感幸福，在幸福進行時卻患得患失。』那麼，會有害怕分離的寂寞感，是不是代表妾身現在很幸福呢？嘻嘻。」

輝夜姬笑了。因為開心而臉頰微紅的她，看起來非常天真與快樂。

接著輝夜姬對我鞠躬表達感謝，感謝我將擁有這樣「快樂」的機會帶給她。

手忙腳亂地回以鞠躬，本來也想回以大大的笑容。但是，在這時，我忽然想起了「轉轉思念君」……想起了那個哀傷的思念體……與人工智慧九千九百九十九號最後留下的言語。

於是，我忽然發現，自己已經無法像輝夜姬那樣，露出不帶一絲雜質的笑容……

不過，雛雪還是順利獲得了「一次絕對不生氣的權力」。

因為後來雛雪跑來向我說明，輝夜姬那關早就已經過了，所以從熊熊套裝鑽出時被她看見，當然也不算輸。

而桓紫音老師那關，在我躲進鐵櫃時，已經「坐下」達成先前要求的雛雪，等同於已經瞞過怪人社所有人的耳目，讓「雙人隱身術」大功告成。

「這個權力……妳打算怎麼用？」

「哼哼，這是雛雪的——祕☆密★喲！」

並不正面回答我的話，雛雪就這樣蹦蹦跳跳地跑遠。

接著——

距離最終一戰，已經剩下最後兩個月時間。

可以說，到了那時候，C高中的生死，全部掌握在我們這些怪人社的成員手中。

「時間剩下不多，必須拚命修煉才行……」

其實我們原本就幾乎把所有時間都拿來練習寫作，現在唯一的差別，就是隨著時間流逝，寫作時所背負的那份覺悟而已。

那覺悟，隨著最終之戰就要到來，也慢慢變得越來越沉重。

因為怪物君實在太強，就算經過友誼賽，已經探明他可能的實力極限，我們還是完全沒有把握打倒他。

在傳奇故事中，有猛將能一人敵千軍；而怪物君……則是一人敵五校，五校加起來何止千人！

Y高中甚至沒有候補選手，單憑怪物君一人，就足以傲視所有對手。

「……」

或許是察覺了我們心中的緊張。

也或許為了不讓我們留下遺憾。

在最終之戰的倒數，剩下一個月又零二十九天時，桓紫音老師宣布了一個決定。

以晶星人製造的特殊麥克風，桓紫音老師的聲音擴散到了校園的每一個角落。

「聽好了，C高中諸位闇黑眷族唷——」

「C高中將在後天，利用晶星人的機器，開始舉行為期三天的『超豪華畢業旅行』——!!」

「這場畢業旅行，將是面對最終一戰前，吾等C高中提前慶祝勝利的畢業旅行——同時，也是與A高中的所有學生，進行最後交流並道別的機會。」

「沒錯——吾即將舉辦的——不是C高中單獨一所的畢業旅行，而是A、C兩校所共享的，『超豪華畢業旅行』!!」

喂喂，偷偷加了「超豪華」三個字而已，聽起來其實沒有特別厲害……好像本質上沒什麼差別。

高二的我與沁芷柔，在升高三前本來就會去畢業旅行，現在只是換了時間舉辦而已。

但是——

但是……

如果晶星人沒有出現，只是去普通的畢業旅行，我跟怪人社這些成員，想必不會相識吧。

我不會引起沁芷柔的注意。

風鈴也無法鼓起勇氣與我打招呼。

雛雪也將待在角落裡一個人畫畫。

遠在A高中的輝夜姬……更不會有見面的機會。

還有桓紫音老師……也不會成為怪人社的導師。

正因為現在有了夥伴，有了能一起向未來努力的社團成員，我們才能充滿期待、充滿嚮往地等待這次的旅行到來。

想必會很快樂吧，跟這些人一起去旅行。

對於很多人來說，這或許也是在最終一戰、那註定濺滿鮮血的戰鬥前……

……所能享有的最後旅行。

後記

大家好，我是甜咖啡。

《有病》系列不知不覺已經出到第八集，如果加上第零集的話，已經有九本了。這代表下一集出版時，本系列的集數將會突破個位數，達到一個嶄新的長度。到了那時候，「啊啊……竟然能寫到這麼長」、「已經連載兩年了呢」、「哼哈哈哈哈哈埋藏在左手的王之力唷」、「如果能靈感不斷就好了呢」……諸如此類有關寫作的複雜感想，想必也會不斷產生吧。

不過，不管寫多長，走得多遠多久，我寫《有病》系列的最大目標也未曾改變。

「如果能治癒大家就好了呢。」

「在閱讀過程，一定要想辦法給大家各式各樣的『驚喜』，讓故事『有趣』起來。」

從以前到現在，始終有治癒系作家、劇情大神官之暱稱的咖啡，始終是這麼想的。

希望我有達到目標，也讓大家能喜歡、並重複閱讀整篇故事。

今後我也會繼續加油，努力把輕小說寫得更好。由於《有病》系列已經進入後半段，如果日後有新作會接續出版的話，也會在後記向大家報告。

最後，非常感謝各位購買本書，大家的支持，是本書能持續維持活力的重要關鍵，咖啡十分感激。

另外，這是咖啡的ＦＢ：https://goo.gl/XY1rWw（新ＦＢ，之前的ＦＢ已停用），與粉絲團：https://goo.gl/WSgEsg 喜歡本作的朋友可以加我好友，或者到粉絲團追蹤我。

那麼，我們下一集再見。

國家圖書館出版品預行編目資料

在座寫輕小說的各位，全都有病8 / 甜咖啡 作.
--初版. --臺北市：尖端出版, 2018.2
冊 ; 公分
ISBN 978-957-10-7858-8(平裝)

857.7　　106002403

浮文字

在座寫輕小說的各位，全都有病 8

著　者／甜咖啡
榮譽發行人／黃鎮隆
經　理／洪琇菁
執行編輯／曾鈺淳
企劃宣傳／楊玉如、洪國瑋
封面插畫／手刀葉
總 經 理／陳君平
國際版權／黃令歡、梁名儀
美術編輯／方品舒
內文排版／謝青秀

出　版／城邦文化事業股份有限公司 尖端出版
台北市中山區民生東路二段一四一號十樓
電話：（〇二）二五〇〇七六〇〇
傳真：（〇二）二五〇〇二六八三
E-mail：7novels@mail2.spp.com.tw

發　行／英屬蓋曼群島商家庭傳媒股份有限公司城邦分公司 尖端出版
台北市中山區民生東路二段一四一號十樓
電話：（〇二）二五〇〇—七六〇〇（代表號）
傳真：（〇二）二五〇〇—一九七九

中彰投以北經銷（含宜花東）／楨彥有限公司
電話：（〇二）八九一九—三三六九
傳真：（〇二）八九一四—五五二四

雲嘉經銷／智豐圖書股份有限公司 嘉義公司
電話：（〇五）二三三—三八五二
傳真：（〇五）二三三—三八六三

南部經銷／智豐圖書股份有限公司 高雄公司
電話：（〇七）三七三—〇〇七九
傳真：（〇七）三七三—〇〇八七

一代匯集／香港九龍旺角塘尾道六十四號龍駒企業大廈十樓B &D室
電話：（八五二）二七八三—八一〇二
傳真：（八五二）二七八二—一五二九

馬新經銷／城邦（馬新）出版集團Cite (M) Sdn. Bhd.
E-mail：cite@cite.com.my

法律顧問／王子文律師 元禾法律事務所
台北市羅斯福路三段三十七號十五樓

二〇一八年二月一版一刷
二〇二一年九月一版五刷

■中文版■

郵購注意事項：
1.填妥劃撥單資料：帳號：50003021戶名：英屬蓋曼群島商家庭傳媒(股)公司城邦分公司。2.通信欄內註明訂購書名與冊數。3.劃撥金額低於500元，請加附掛號郵資50元。如劃撥日起 10～14日，仍未收到書時，請洽劃撥組。劃撥專線TEL：(03)312-4212 ・ FAX：(03)322-4621。E-mail：marketing@spp.com.tw